薩德

THAAD

金辰明 김진명 ——著

游芯歆——譯

【導讀】

「薩德危機」迫在眉睫

夏珍

1

戰國時代國與國相交，算不準什麼時候就要面臨亡國之危，孟子〈梁惠王篇〉，從首篇梁惠王問「何以利吾國」，孟子對「王何必曰利」開始，一整章談的是治國與外交之道，權力者重視的是現實，對孟子之言「上下交征利，而國危矣」，相對無感，或有感也聽而不聞，畢竟「利之所在，雖千仞之山，無所不上。」這是人性。不過，下篇的大國、小國往來之道，歷數千年而不衰，仍可為「哲學指導」，就是現實上的難題，同樣歷數千年而無解。

齊宣王問外交之道，孟子的答案「以大事小以仁，以小事大以智」，前一句是大國用來說的，後一句是小國用來做的，但何謂「智」？夾在齊楚之間的滕文公問得更具體點，孟子倒誠實，他也沒答案，真要他說，他給了一個建議：築城挖河民為國效死；那個年代沒飛彈，這招勉強還能用用，到了現代招式要更新，築城挖河搖身就是大筆大筆的國防預算和愛國教育了；如果還是不管用，那該怎麼辦？孟子給了二擇一的答案，其實挺極端的，一是棄土而去不傷子民，則仁義之主還是有人會跟隨，這招以今日眼光看來，等同投降或逃亡，這是只能做不能說的選擇；另一招是死守國土，戰死不屈，這是只能說的選擇，但是否真這麼做？情境太難設想，僅僅是血流成河的可能性，就讓人頭皮發麻。

歷史上的「血流成河」，或者四個字，或者四頁書紙，心再痛還是翻得過去；現實上，「可能引爆戰爭的壓力」能這麼簡單就翻過去嗎？

台灣人承平已久，「敬畏之心」淡到幾乎把國防當笑話看，朝鮮自金正恩繼位後，三天兩頭試射導彈，美日中戒慎恐懼之際，台灣只當是金正恩耍寶；而恍若未覺區域平衡和國際戰略，在我們不經意中，已經悄悄改變，日本的集體自衛權解禁；美國前總統歐巴馬第二任推出「重返亞洲」戰略；中國則加速南海布局；當台灣內部還在為南海主權爭議各持立場之際，中國在二〇一三年底，於南海礁石建造人工島且已經擁有了三座軍事機場，而台灣從陳水扁到馬英九兩任總統十六年，除了增加淡水設施，只有一條飛機跑道。

「薩德入韓」不是新鮮話題，已經在南韓討論數年之久，最近彷彿即將成真，當南韓軍方和樂天集團達成換地協議，駐韓美軍部署薩德導彈防禦系統（THAAD）於慶尚北道星州郡的原高爾夫球場，中國立刻祭出「限韓令」，韓劇全面線上下架，樂天投資中國的項目叫停，各營業單位都遭到查稅與安檢，當然，陸客赴韓觀光大減……。

「薩德危機」迫在眉睫！「接受，可能得罪中國；不接受，可能得罪美國；此刻該如何選擇？」這是南韓的問題，會不會是台灣的問題？「兩大之間難為小」，感嘆的是，南韓三年前就提出叩問，而台灣依舊恍若未覺，當時，提出這個問題而且得到巨大迴響的，竟是一位小說家——金辰明。

2

文學或創作的力量到底有多大？北洋軍閥時代，主持《京報》的邵飄萍，倒奉、反袁，力主孫中山北上，同樣是「軍閥」的馮玉祥讚他「飄萍一支筆，勝抵十萬軍」；老愛講「文藝為工農兵服務」毛澤東，也曾附庸風雅以詞牌《臨江仙》贈丁玲，盛讚她「纖筆一支誰與似，三千毛瑟精兵」，當時丁玲才被國民黨軟禁三年多，在共產黨協助下逃往蘇區。不過，從此之後，文人一筆在手如一槍在肩的時代不再，兩岸俱然，文人為政治服務，難看；文人不為政治服務，倒楣；為國家（人民）服務呢？那就成笑話了。

金辰明的創作路數卻一往無前，他以「民族主義的大眾小說」著稱，這讓我想起以十八年時間創作「戰爭三部曲」的山崎豐子，她反覆思索「戰爭過去了，活著的人還能做什麼」？她叩問自己的國家為什麼發動戰爭？尋找因為戰爭困惑失落流離的人，離世前未完成的遺作《約定之海》，則是探討「自衛守國」與「進攻侵略」的界限，她沒來得及看到集體自衛權解禁。

金辰明的創作能量看來還正在「爆發點」，從他第一本小說《木槿（無窮）花開》問世以來，本本都是暢銷書，除了《三星陰謀》談高科技間諜戰之外，無不圍繞著韓國做為國家的自我定位和自我追尋，毫無疑問，當然也帶著極具濃重的反日情緒和略見感傷或激憤的愛國主義。

《木槿花開》的終局是南北韓聯合宣告對日本核攻擊，與現實相距甚遠，但無疑表露了作者對日本侵略耿耿在心難以釋懷的態度；而之後的《皇太子妃劫持事件》更是勁爆，金辰明用一支筆讓日本皇太子妃被劫持，舉國譁然而八卦雜誌推波助瀾之際，劫持犯提出釋放人質的要求是公開一份刊載南京大屠殺的報紙，和漢城公使館發出的密檔「石塚英藏報告書」，這份報告書完整揭露明成皇后（當時還是王妃）遇害的一刻，是被極殘忍對待而受辱地離開世間，很難想像金辰明書寫時候的心情如何激動難平，皇太子妃被劫持的情節是虛構的，石塚英藏報告書所記載的國恥家恨卻是真實的。

一八九五年，對中國人和台灣人而言，也是一個不能忘卻的年份，前一年甲午戰敗，這一年的四月李鴻章代表清廷與日本簽下《馬關條約》，割讓台澎。六個月後，朝鮮「乙未事變」，日本右翼勢力闖入皇宮而明成抗日殉難；十年後，日本搶奪獨島（竹島），再過五年的一九一〇年併吞朝鮮，金辰明用一支筆像日本右翼勢力「宣戰」，他說，「這是我的戰爭！」虛構小說扣緊歷史事實，告訴日本：「獨島並非領土問題，而是不折不扣的歷史問題。」對比台灣對日本殖民時期懷舊式的嚮往，對釣魚台歸屬的內部質疑，金辰明的氣魄和企圖，的確讓人側目。

一本小說讓韓國人痛徹心扉不夠，他要讓美國人看到，要讓日本國民知道他們的國家曾經有過的暴行！就差一點點，日本NHK電視台本來決定買下了版權，也翻譯了要做為韓語教材，照他的說法，日本前首相罵NHK：「是不是神經異常！」在日本出版計畫只能叫停。

不過，這一本《薩德》，倒的確讓美國人看到了！

去年六月間，夏威夷美國太平洋司令部與韓國媒體人士見面，由於問題多集中在朝核、高空區域防禦系統（THAAD・薩德）等韓半島問題，主持記者會的海軍少將馬克・蒙哥馬利打斷記者提問說，「聽聞韓國民眾對薩德的反感是源自（作家金辰明的）小說《薩德》」，並反問道「是因為這部小說而相信薩德表面上是用於防禦、實際上是用於攻擊中國嗎？」

韓國民氣反對在韓部署薩德是否因為這本小說？很難概括言之，韓國民眾對美軍部署反飛彈系統的反感並非始於今日，早在二〇〇五年五月，光州事件二十五周年時，就有五千民眾企圖闖入光州空軍基地，對美軍在光州部署愛國者三型反飛彈系統，以及美軍過去協助全斗煥武力鎮壓民眾一事，表達最強烈的抗爭之心。不過，小說二〇一四年在韓出版後，薩德入韓之議一度停擺，二〇一五年朴槿惠親往北京，成為民主國家領袖參與北京大閱兵式的第一人，積極參與亞投行等，都讓中韓關係似乎進入一個新的「黃金時期」，即使如此，北京並未能有效緩解北韓反反覆覆核彈試射帶給南韓的巨大壓力，簡單講，首爾一度相信「通往平壤之路可以透過北京」的希望，即使未落空，也相形失望了。

更尷尬的，就在這短短一年不到的時間中，朴槿惠政權陷入閨蜜門風暴，危在旦夕；美國總統改選，川普的穩定性遠遠不若世界所熟悉的、美國總統（世界警察）該有的模樣，以小事兩大的南韓，到底該如何選擇？

3

大國的選擇不糾結，小國的選擇則不然，南韓的糾結還遠甚於台灣：回歸美日韓安保體系卻無法消除對日本的深刻的厭惡、仰仗崛起的中國卻免除不了「中國威脅論」的不安、心向民族統一奈何北韓愈趨封閉難以溝通。

這一次，連作家都猶豫了。

對比早年《木槿花開》作家以南北韓聯合對日核攻擊的極端收尾，這一次金辰明沒有虛構激進的結局，他虛構的是一個打了驚嘆號的情節，這個驚嘆號背後卻是一個巨大的問號，在茫然中格外讓人唏噓。

「薩德就是戰爭！」

「我們一定要和美國抗爭到底！」

「那些人威脅要用核戰輾壓我們的錦繡江山，美軍移轉到平澤就代表這個意思。」……

于民的嗓子已經破到發不出聲音，再也無法隨著空氣擴散出去，只能無力地碎落滿地。……

盡頭處一個從辦公室就開始小心跟蹤在後的女人，眼中滿是憐惜地望著于民。是美珍！

書中主角崔于民是為了追查受託客戶而發現驚天祕密的律師，最後為了國家免受戰禍的信仰，積極反對美國部署薩德的律師，他的積極引來的卻多是冷漠和訕笑；洪美珍是和他分享同一間辦公樓的律師，他曾經是失業接不到案子的「魯蛇」，而美珍則是房東大律師帶回的法輪功受害者遺族，他的「反美」，看在美珍眼中只有「憐惜」，而非對立。這樣的安排，多少透露作家在yes or no之間的困惑，收尾篇名「莫比烏斯環」——命運的隱喻——人類就好比行走在莫比烏斯帶上的螞蟻一般，永遠逃不出這個怪圈，不斷重複著相同的錯誤，類同的悲劇也在不斷地上演。

這個隱喻自是衝著韓國而來：一八九五年的中日衝突，讓韓國有亡國之恨；一百多年後，回到作家的前言，「當所有人還陷在日常生活中，為眼前的世界奮鬥之際，一層看不見的巨大衝突陰影，已經籠罩在美國和中國之間。諷刺的是，這場衝突的最大受害者，就是韓半島！」小國求生，這已經不是百年悲劇，而是自有韓國以來的千年命運輪迴。孔孟的「智慧」並沒能讓他們跳脫這個迴圈。

南韓陷入抉擇的兩難，難免回頭想到台灣，台灣又該做何選擇？

做為二戰和韓戰的「餘緒」，台韓有著驚人的相似，都是分裂國家，只是國際承認南北韓分裂而認為兩岸分治而同屬一中；都依靠美日同盟；對中國都有著遠近皆懼的尷尬，台灣的懼還更勝一些。即使單單講飛彈防禦系統，早在第一次政黨輪替前的一九九九年，時任國防部長的唐飛即主張台灣必須加入「戰區飛彈防禦系統」（ＴＭＤ），而同樣擔任過國防部長的前行政院郝柏村則認為，除非我方人員可前往學習技術，否則沒有必要參加，參與與否的討論並未擴及社會，最終台灣根據ＴＭＤ報告建置了早期預警雷達。

薩德入韓，同樣引起是否「入台」的討論，或為現實上可能性太低，或為台灣人向例對國際形勢之危無感無覺，討論限定在小範圍，沒有擴散到社會層面，倒是這一次是由國防部長馮世寬在國會答詢時，公開表明他不贊成引進「終端高空飛彈防禦系統」（THAAD）的，「因為台灣最重要的是防衛自己安全，不應涉入或參加別人的戰爭。」

朝核讓南韓不可能自外於這場美中衝突，作家的困擾是「因為薩德與中國失和，是一件非常愚蠢的事，但站在國防與美國攜手的立場，不知道能不能、該不該拒絕」？他（南韓）的困擾，何嘗不是台灣的難題？台灣慶幸的是美國還沒交下卷子，萬一萬一，台灣大概連困擾的空間都無，北京甚至連卷子都沒影，解放軍將領就急乎乎地聲言，「薩德入台之時，就是台灣解放之日。」台灣因為二十世紀的韓戰得以在一九四九年之後，存續迄今；會因為二十一世紀的韓半島危機逆轉命運嗎？台灣的莫比烏斯環要開始了嗎？

4

小說終究是小說，情節再犀利逼真，還是虛構，翻頁時的心驚膽跳，不影響日常生活之安穩，對比彼得・辛格的《幽靈艦隊：中美決戰2026》，情節繁複充滿高科技技術的虛實交錯，就像是好萊塢精采的戰爭大片，而且，最終英雄——美國各種族裔，包括華裔——終結了這場戰爭危機，放下書就鬆一口氣，轉頭過自己的小確幸；《薩德》的鋪陳不在舞台布景的繁複，卻多在他藏筆未發的歷史脈絡或政治紋理，或也因為台灣處境的相類，闔上書很難不反覆跟著作家的要求——思考、並探問自己：那我們的選擇是什麼？

作家在虛構每一個人物和每一段情節都有他的用心，文中穿插的「塔夫特報告」，活脫脫是韓國總統的政情分析，其用意不言可喻，做為二戰之後、特別是韓戰之後，相當度依靠美國重建的韓國（就像日本和台灣）而言，美國老大哥的影子是無所不在的，就像二〇〇八年的《維基解密》台灣檔，朝野政客的「評比」躍然紙上。而以國防部長之名的「塔夫特報告」的檔次更高，直接指向美國軍方的關切，「薩德」不但是戰略部署，也是作者設想中，美元必須強勢以支持美國國勢的必然產物，他的靈感來自紐時專欄作家克魯曼的一句話，「美國是有戰爭需求的國家。」其推論當然有一定的合理性，不過，小說作家畢竟不是預言家，然而，三年前的書寫對比此刻朴槿惠政權的處境，竟有著脈絡可循的驚人參照，不能不說金辰明不只是小說創作者，以他對韓國的赤忱，簡直就是極為銳利的政情分析者。

如果作家只是作家，或許他會讓「塔夫特報告」在小說中扮演更多角色（虛構的情節），或穿針引線發展出更多細節，他沒有用此渲染之功，或讓報告內容更八卦（我一直在等蔡東旭檢察官的「私生子」出場），他是如此熱愛自己的國家，而急著提出問題、尋找他都提不出來的答案。或許，他已經在準備「後薩德」的下一本小說？對這位我第一次接觸其作品的小說家，我只能說，幸好他的作品是虛構，在我掩卷嘆息長考之餘，還有餘裕期待他的新作，當然也期待那個時候，眼下紛亂的世局已有撥雲見日的眉目。

本文作者為風傳媒總主筆

自序

一覺醒來，美國財政赤字，中國累積盈餘。早已失去商品競爭力的美國，小到牙籤，大到油輪，全都得向中國購買。因此美國在擔心無力償付之餘，只好拚命印鈔票勉強支撐，但疲軟的美元也逐漸加快了美國衰退的速度。

值此之際，我們不得不提出一個問題。

「再這樣下去，美國要完蛋了嗎？」

許多經濟研究的結論都指出，美國已經失去產業競爭力，不久將迎來日沉西山的命運。

這種猜測是很可能實現的，單單從經濟的角度來看，美國的確到了「落日」的地步。但經濟學家們卻忽略了一個重要因素。

那就是軍事力量。

美國擁有的軍事力量，為中國的十倍，怎麼可能就這樣被中國打壓，淪落為貧窮的債務國呢？

想到這點，我們也不禁想起曾獲得諾貝爾經濟學獎，對美國政府有著莫大影響力的保羅．克魯曼[1]所斷言的一句話：

「美國是有戰爭需求的國家！」

最近日本在與美國緊密攜手之後，扭曲對國內憲法的解釋，為集體自衛權[2]解禁。日美兩國的假想敵，不用說就是中國。安倍政權敢於在國際社會公然否認過去的歷史，將尖閣群島[3]收歸國有，與中國對峙，其原因也可以在美國於軍事上十分需要日本的這點上，找到蛛絲馬跡。

美國近來以強化美日軍事訓練，或允許日本軍隊海外出兵作戰，或在太平洋艦隊加派一艘航空母艦等等一連串的動作，漸漸加大瞄準中國的軍事步伐。

當所有人還陷在日常生活中，為眼前的世界奮鬥之際，一層看不見的巨大衝突陰影，已經籠罩在美國和中國之間。

而諷刺的是，這場衝突的最大受害者，就是韓半島。

北韓在處死張成澤[4]的時候，先用機關槍掃射，再用火焰槍焚燒屍體。不管是機關槍還是火焰槍，都是軍人使用的武器，傳達出「張成澤死於軍方手裡」的訊息。失去了政治外交好手的張成澤，北韓在六方會談上更不可能放棄核武。

北韓的核武之所以危險，與其說是北韓可能使用這些武器，不如說這有可能成為引發戰爭的導火線。

如果有一天，美國的航空母艦艦隊在東海和西海[5]上包圍北韓，對準北韓的飛彈基地加以砲轟。再派遣特戰隊空降包括寧邊在內的北韓核能設施，掌握這些設施的話，那麼韓國和中國勢將無可避免地被捲入戰爭中。

美國何時會採取軍事行動呢？

---

1 保羅．克魯曼（Paul Krugman,1953~），美國經濟學家、二〇〇八年諾貝爾經濟學獎得主，也是自由經濟學派新一代的佼佼者。
2 簡單來說可視為海外出兵或介入他國戰爭的一種權利。
3 即釣魚台列嶼。
4 張成澤（1946~2013），朝鮮最高領導人金正恩的姑父，朝鮮政治及軍事重要人物，被金正恩羅織罪名逮捕後處死。
5 中國的黃海。

應該是在美國判斷本土已脫離中國洲際彈道飛彈（intercontinental ballistic missile）的威脅後，就有可能發生。那麼當初美國藉口北韓核武所建構的飛彈防禦系統（MD，Missile Defense）的現狀，就成了燃眉大事。

過去美國一直認為在太平洋上就能攔截中國的洲際彈道飛彈，但在飛彈防禦系統接近完成的此刻，美國才發現其攔截成功率只有一半，不得不為此感到驚慌。

因此隨後登場的，便是在韓國部署薩德（THAAD）[6]。薩德是一種強大的防禦系統，其真正目的是從近距離監視中國的洲際彈道飛彈，但只要在系統上稍作修改，甚至能進行截擊。

如果薩德被部署在韓半島上的話，中國的洲際彈道飛彈全都會變成廢物，中國在危機意識高漲之際，便對韓國發出強烈警告「若韓國接受薩德，將失去中國這個朋友」。

韓國處於進退兩難的立場，對目前的韓國來說，經濟和未來都得依靠中國，如果因為接受薩德而招致與中國之間的不和，是一件非常愚蠢的事情。但是站在國防與美國攜手的立場上，不知道能不能拒絕，不對，是該不該拒絕美國的要求……。這才是個難題。

接受可能會失去中國，不接受則可能會得罪美國，此刻該如何選擇，我想和讀者們一起思考。

二〇一四年八月

6 Theater of High Altitude Area Defense 的縮寫，終端高空防禦系統。

目次

0 幽靈報告

C-130 大力士（Hercules）運輸機穿透黑夜開始降落，地面上等待的車隊也開始慢慢移動。當這架從美國本土飛來的巨型運輸機慢慢在跑道上降落，完全停止下來之後，五十多輛悍馬隨即按照指令關掉車燈，啣尾停到機翼正下方，等待這怪物似的飛機吐出裡面的人來。

很快地舷梯放了下來，腳步聲響起，接著黑暗中出現了幾個人。握著悍馬方向盤的駕駛兵習慣性地開始數人數，一、二、三。駕駛兵本來還以為要數上老半天，沒想到數到三就沒有了。

「這什麼啊！」

不知何時，連引導著陸的進近燈也全都滅了，漆黑的跑道上悄然踏步而來的人，全部只有三名。最吃驚的人，應該是雙肩加起來共有六星，站在車隊最前方苦等良久的駐韓美第八軍團司令官尚普中將（Bernard Champoux）吧。

「怎麼回事？就這些人？」

尚普中將接獲最終報告，聽到下機的全部就只有三個人，不禁嘴角抽搐。這一定是哪裡搞錯了。面臨財政困境的美國政府，已經將節流視為最優先考量，如果只是單純的兵力移動，就算有數百名人員，也一定利用民航機。

但此時此刻，只不過三個人而已，竟然從本土直接搭軍用飛機過來。而且自己還遵照上面所謂「重要軍事作戰」的指示整夜沒睡，就等著時間到了準時過來。

司令官將眼光轉向貨艙，看了一眼之後又轉回來。因為他知道，就算貨艙裡載運了什麼東西，他也搞不清楚狀況。兵員運輸機的貨艙很小，不管裡面裝載了什麼，才那麼一點分量就飛越太平洋而來，實在令人費解。

該下機都下完的信號打起，機門也隨即關閉。愣愣地看著大力士運輸機的尚普，突然向一旁的副官怒吼：

「這開什麼玩笑？」

「我也搞不清楚這到底怎麼回事，司令官！」

「這是在耍我！」

兩天前韓美聯合司令官斯卡帕洛蒂（Curtis Michael Scaparrotti）上將低聲說過的話，言猶在耳。

「本土將派遣大力士運輸機祕密運送兵力過來，他們的到來屬於最高機密，你一定要親自到場監督安保。」

斯卡帕洛蒂上將的機密指令只有這麼多，但對於到底有多少兵力抵達，屬於哪個部隊，帶來了什麼樣的裝備，這些細部情報全無。因此尚普只能靠指令中提到的以大力士巨型運輸機運送這點，來猜測兵力規模，並且配合準備了五十多輛悍馬過來。然而現在這架巨型運輸機只吐出三名軍人，就關上了機門。

「這一定是哪裡搞錯了！」

在軍中服役超過二十年的副官，眼珠在黑暗中不停轉動，這莫名其妙的狀況，他搞不清楚，也不知道該如何是好。尚普中將想解開這謎樣的情況，疑惑的眼光於是轉向那三名軍人。

「啊！」

看清這三人模樣的時候，尚普中將的口中忍不住再次發出一聲呻吟。在黑暗中露出真容的三個人，身上穿的不是軍服，而是牛仔褲配白色運動衫，就像在知名觀光地的機場下了飛機一樣，一副吊兒郎當地慢慢朝自己走了過來。

尚普在這三人身上找不到一絲有軍紀或有紀律的動作，馬上察覺他們不是軍人，而是民間人士。

於是情況變得更莫名難懂，大型運輸機穿越太平洋所載送來的，竟然不是軍人，而是民間人士，這令人費解的事情讓尚普中將再次皺緊眉頭。但好歹是長久以來身在軍中的中將，對於自己不清楚的情況，已經習慣慎重行事，喜怒不形於色。

尚普朝向猶如觀光客似的，對自己不抱任何警戒，也毫不畏懼，步履輕鬆地走到自己面前來的這三個人，伸出了手。

「我是司令官！」

三人並未顯出什麼特別在意的樣子，默默地迎上尚普的手。民間人士不懂的敬禮，這尚普能理解，但他們卻對自己是什麼身分、從事什麼工作，隻字不言，甚至連自己的名字都沒有報上來！

耐心已達臨界點的尚普，正要爆發怒氣的時候，剛接完一通來電的副官正好舉起手，對著黑暗指了指。

「司令官，上面說讓他們搭那輛車。」

天一亮，尚普中將馬上到韓美聯合司令部去找斯卡帕洛蒂。

「司令官，今天凌晨抵達的運輸機上，只搭載了三個人，這件事您知道嗎？」

「我知道！」

「那麼您也知道他們都是民間人士？」

「沒錯！」

「他們到底是什麼人？怎麼會發生這麼荒唐的事情？」

斯卡帕洛蒂不發一語，這讓尚普更加憤怒。自己的職銜是駐韓美第八軍團司令官，這代表自己有責任了解駐韓美軍部隊裡發生的任何情況，並加以管理。至今沒有人敢忘記這個事實，也沒有人敢忽視自己。

但現在斯卡帕洛蒂卻露骨地蔑視自己。

「本土那些傢伙！就算把我當垃圾，也要有個限度。我不知道他們在搞什麼鬼，但一架大力士飛越太平洋而來，上面卻只搭載了三個人，這像話嗎？這件事情我一定會當成問題處理，不僅向參謀總長，還要向參謀長聯席會議議長，以及國防部長報告。」

尚普嘴裡扯上本土，但斯卡帕洛蒂當然知道他其實罵的是自己，卻仍保持沉默，最後尚普嘴裡終於冒出污言穢語。

「狗娘養的！看那副走路吊兒郎當地，連自己的名字都不說的痞子樣，回去的時候也以一定會要求搭軍機，那我一定扯爛他們的嘴。這些人一定都是脖子上各綁一條狗繩，被華盛頓牽著走的傢伙吧！我要連華盛頓那傢伙一起，給他們好看！就算不知道背後的傢伙是誰！」

斯卡帕洛蒂默默地望著尚普憤怒的模樣，好一陣子之後才緩緩搖頭，像在說：「你的想法錯了！」

「是誰？到底是那個神經病！那個讓大力士只搭載三個老百姓就飛越太平洋過來的傢伙！」

斯卡帕洛蒂的表情僵住了，片刻思索後，他將眼光投向窗外，彷彿下定決心一般，從嘴裡吐出低低的一聲。

「塔夫特！」

與此同時，由這三名搭著軍用飛機祕密飛來韓半島的男人所製作的報告，在短短十二個小時之後，也開始送往華盛頓。

1 求職困難戶

「您給人的印象不錯，什麼都好，就是在專業知識上讓人不敢信賴，這是個大問題。」

面試官一臉堅定地搖了搖頭。

「什麼？專業知識？」

「是的！如果只有您一個人來應試的話，這小小同六職等公務員的位置，當然非您莫屬。但現在有律師資格的考生一下子就來了三位，自然形成相互對比。很抱歉，崔于民先生，您在該項專業知識的評價中，成績是最低的，即使印象不錯！」

于民無奈之下只能咬著下唇走出面試官室。一開始走進面試官室時的焦躁感，現在成了深不可測的羞恥心，在于民心中熊熊燃燒。

當初收起身為律師的所有自尊心，不怕丟人現眼，來考文化體育部這個連正式六職等公務員都不是，只是模糊的「同六職等」職位。現在竟然連這都落榜，實在是至今為止所有求職失敗加起來都難以比擬的重大打擊，讓于民難以承受。

「要不然乾脆去種田算了！」

于民口中不自覺地說出這句話。現在冒出這句話也沒什麼奇怪的，因為之前將近一百次的求職失敗期間，律師資格證這東西就是個心病，讓人自以為有多了不起。

「想種田也沒田可種！」

自己是個律師的事實，今天也同樣在于民心上又狠狠地撓了一把，更深更痛。于民垂著肩膀步出玄關，過去他會抬頭挺胸，表現得比合格者更意氣風發地快步從面試官前面離開，但現在他再也沒有力氣虛張聲勢，裝出那副模樣。

于民只想快點走出去，在街上隨便攔一輛計程車離開這個地方，但下一瞬間，他猶豫著停下腳步。因為他感覺到無意間伸進褲子口袋裡的手無力地下垂，這讓于民朝著計程車走去的腳步也失去了方向。口袋裡只剩下幾張一千塊面額紙鈔[1]的現實悲哀，席捲全身。于民在原地佇立良久之後，眼光轉向光化門周圍高樓中的一棟，無力地朝那兒走去。

「您找哪位律師？」
于民無力地吐出在律師事務所工作的好友名字之後，貌美的服務台小姐就指著電梯說：
「十二樓。」
就在于民搭的電梯正要關門上升之際，服務台小姐從服務台站起來，飛快地過來按住按鈕，把電梯攔了下來。電梯等待了一段不算短的時間之後，才有兩名穿著黑西裝，手拿律師公事包的年輕人，輕鬆地走過來擠進電梯裡。這時服務台小姐才放開手，讓電梯開始上升。
「聽說這次出來了好幾件證券行收購案，我們至少能拿下一件。」
「我看不太容易。」
「人家說老闆六個月前就開始運作，一件的收益至少一百億（約二億六千萬台幣），我們每個人光獎金就能拿到五千萬（一百三十萬台幣）以上。」
聲音雖低，但年輕人之間直來直往的對話鑽進于民耳中的時候，于民忍不住咬著

1　內文提到的幣別除美元特別註明外，其餘皆為韓元，換算台幣的匯率約 0.026：1。美金與韓元匯率為 0.0087:1。

唇，閉上了眼睛。律師……，這些人是律師的事實，讓同樣身為律師的自己更感到慚愧。

「您好，請稍等片刻，律師等會兒就過來。您喝什麼茶？」

到了十二樓下了電梯，有過幾面之緣的祕書就把于民帶到會議室。于民裝出笑臉笨拙地想跟端茶的祕書寒暄幾句，但祕書只是機械性地幾個動作後，就轉身走掉。

「抱歉來遲！」

等了超過一個小時之後，好友才出現，嘴裡說著客套話，臉上卻絲毫不見抱歉之意。一來就坐進了于民對面的沙發。

「看你很忙的樣子！」

「一整天都在開會！不過，你怎麼會來找我？」

好久不見的朋友，說話乾巴巴的，一點歡迎之意都沒有。

「嗯，那個……。」

這話本就很難開口，尤其今天更說不出來，于民結結巴巴地。

「到底什麼啊？快說。我馬上還要再進去開會，現在休息時間只有五分鐘。」

「可不可以借點錢……。」

朋友瞬間僵住的表情，被于民的眼睛捕捉到。于民有點侷促不安，但既然都開頭了，乾脆把剩下還留在嘴裡的話也全吐出來算了。

「……給我，我會盡快還給你。」

好友愣愣地看著于民，不發一語地坐在那裡，突然站起來從褲子後口袋裡掏出皮夾。當著內心自尊、外表面子全失，卑賤如蟲子的于民面前，好友數了十五張五萬韓元大鈔，丟在桌子上。

「多謝！」

于民被好友突如其來的粗暴動作嚇了一跳，躊躇了一會兒之後，想到不拿白不拿，就慢慢伸長手臂，把錢撿了過來。冷冷注視著于民動作的好友，打開門正要走出去的時候，又突然轉身吐出一句凶狠的話來：

「你以後都不要出現在我面前。」

「……。」

「這給不了你什麼幫助，而且你和我要走的路不一樣。」

對著弓腰忙著撿錢的于民，好友的話像連珠炮一樣射出來。

「我本來不想說這些的，但你找不到工作，是理所當然的事情。總而言之，你啊，就是沒有資格當律師。」

「喔……是嗎？」

「你知道你怎麼當上律師的嗎？你知道你怎麼考上法學院，在那裡上學的嗎？你知道你怎麼通過律師資格考試的嗎？」

「……。」

「如果你以為是靠自己實力當上律師的話，那就大錯特錯了！」

「你這話什麼意思？」

「哼哼，要我告訴你一個祕密嗎？」

「祕密？」

「沒錯，你怎麼當上律師的祕密。」

于民火冒三丈，不想借錢就不要借，既然借都借了，還扯什麼他當上律師的祕密，實在太可笑了。但于民壓下怒火，笑著回答：

「不管是你，還是我，不都是通過國家舉辦的資格考試才當上的嗎？哪還有什麼祕密可說。」

「哼哼！」

好友臉上掛著不明深意的笑容，突然冒出一句不相干的話。

「是你父親。」

「……。」

「是你父親想辦法讓你通過考試的，那個律師資格考試。」

「……？」

于民不知道如何消化好友莫名其妙的這句話，只能把視線固定在好友的嘴唇上。

「你父親給了我們三個人各一筆錢，一筆充滿父愛的錢。」

「你什麼意思？我從來沒有作弊過，都是靠我自己的實力堂堂正正通過考試的。就像你們一樣！」

「當然不是說你作弊，只不過你重考三、四次好不容易進了法學院之後，你父親就找上我們，自然是在瞞著你的情況下！」

「你說什麼？」

「你父親把你託給了法學院成績最好的我們三個人，還一人給了五千萬。」

「……。」

「要我們不管是吃飯、上課、喝酒，都要找你一起，這是一種以託付為名的契約。我們沒有理由放棄一人五千萬的鉅款，所以後來拿錢的時候，實際上還簽下了合約書。」

看來你父親真的很了不起，有先見之明，為了讓你通過考試，竟然想出這個主意，還真的做出來了。」

「你這話什麼意思？」

「你父親想，如果讓你和我們三個成績最好的人二十四小時都黏在一起，考試還有不通過的道理嗎？而這份期待也真的實現了。法學這麼難，你這個人一點都不適合讀，幸好有我們一天二十四小時、一年三百六十五天貼身照顧，才糊裡糊塗地通過了資格考試。想想看，一個連『純正不作為犯』（Zusammensetzungen）和『不純正不作為犯』（Omissivdelikt）[2]都搞不清楚，讓全班哄堂大笑的你，不會以為都是靠自己力量當上大韓民國律師的吧？」

于民腦中走馬燈似地閃現過去的回憶，難怪法學院成績最好的三個人，平白無故地帶著法學成績糟透了的自己，一路過關斬將。連呼吸都同步的結果，最後自然通過了律師資格考試，這是無法否認的事實。

「謝謝你告訴我，但也讓我很失望。還以為你們是我最好的朋友，結果全都是被錢牽著鼻子才接近我的。」

「不管怎樣，那份合約現在已經結束，所以你以後不要再來找我了！」

「跟你借點小錢，你就那麼不情願嗎？」

「錢？」

正打算轉身走掉的朋友，又轉了回來，瞪著于民惡狠狠地砸出一堆話。

「對啊，錢也是個問題。過去借給你的錢，金額也不小，不過那點錢我們還負擔得起，好歹當初從你父親手上各拿到五千萬。但問題不在錢，而是在你，我們討厭你！坦白說，我討厭你是我朋友這個事實。我們已經是大韓民國司法界當紅炸子雞，算得上是最有前途的司法界人士，可是現在都被你搞砸了。原本冠在我們頭上的形容詞『精英中的精英』，因為你的關係，都成了笑話。你知道嗎？」

「是嗎？」

「拜託你現在閃遠點，不要再來找我們！我們和你父親的合約已經早就結束了。」

好友說完最後一句話，就逕自走了出去，于民握著紙鈔的手指頭不知不覺地鬆開。

2　「純正不作為犯」指行為人只有以不作為的行為方式才能實現不法構成要件而成立的不作為犯。「不純正不作為犯」指構成要件該當結果的發生負有防止義務之人，不為其應為之行為，這些不作為犯係由行為人以不作為的方式，違犯通常以作為的行為方式而規定的不法構成要件。如不餵哺嬰兒任其餓死即是。

「崔律師啊，你怎麼喝那麼多酒！回去吧，別再喝了。」

「嗚嗚嗚，父親！」

已經喝了四瓶燒酒的于民，嘴裡不時發出帶著嗚咽的怨聲。帶著惻隱之心看著他的小吃店老闆大嬸，趕緊上前阻止。

「別再喝了！怎麼了，你父親發生什麼事了嗎？身體哪裡不舒服嗎？」

嘴裡一直喊著父親的于民，似乎腦筋清醒了一些，抬起頭望著店主大嬸。

「嗯，我這麼下去不行，不能讓父親看到我這副模樣。」

于民即使醉了也還想振作起來，但似乎天不從人願，只能不停地低喊著父親。

「你到底怎麼了？好好一個律師，今天發生了什麼事情嗎？你太想念父親了嗎？你父親現在在哪裡？」

「嗚嗚，您問他在哪裡？我父親去世了！為了我這個沒出息的兒子，辛辛苦苦了一輩子就去世了。」

大嬸想阻止于民又要一飲而盡的動作，趕緊引他多說話。

「原來你是想念過世的父親啊！今天突然想起來的，是吧？唉，你這樣，讓我也想起我父親了。來，也給我一杯！」

大嬸趕緊拿起于民的酒杯，倒進了自己嘴裡。

「我父親啊，心裡眼裡都只有我一個人……。」

「嗯嗯，那你就多說點父親的事情吧！別再喝酒了，現在也沒什麼客人，我就聽聽你說的話。」

于民住在套房裡，平時常到這家小吃店吃晚餐，偶爾晚了，喝著燒酒的同時，就把下酒菜當飯吃。五十多歲快六十歲的店主大嬸，每次看到于民，都會親切地招呼他。于民這個年紀和自己兒子差不多的熟客，來的時間不固定，總是一個人過來。偶爾大嬸也會送盤特別的配菜或下酒菜，兩人之間多少有點感情。

「我父親一輩子都在律師事務所上班，是律師事務所的總務，總而言之就是一個窮上班族。他是一位很正直的人，不會三心二意，只會領死薪水。」

于民又想在杯裡倒酒，大嬸趕緊阻止他。

「再多說點，說完了再喝，我今天想聽聽崔律師你的故事。」

于民往上看，凝視著大嬸，父親的臉孔彷彿和一直擋著不讓自己喝酒的大嬸臉孔重疊在一起，于民醉了，但還是一點一滴說下去。

于民的父親一輩子都在忠清北道堤川法院前面的律師事務所上班，他的妻子生下第一個兒子之後，就因血崩撒手人寰。深愛妻子的他在妻子墓前發誓，他絕對不會再娶，會一個人把兒子養大，他一輩子也的確守住了這個諾言。

「老婆，妳看著吧，我一定會讓于民當上律師的！」

他以為律師是這世上最棒的職業，為了讓這唯一的兒子當上律師，從兒子上幼稚園開始就可說是無所不用其極。

然而不幸的是，于民不願聽從父親的心願，他喜歡玩，不喜歡讀書。即使在看到父親的眼淚之後，下定決心非用功不可時，他的成績也從沒令人滿意過。

當父親覺悟他永遠也不可能通過司法考試之際，也曾夢碎痛哭失聲。然而在父親聽到有專門的法學院成立之後，又大呼萬歲。他在于民的面前流著眼淚跪下來求他，最後也終於成功地把兒子送進了法學院。

然後他把這輩子辛苦賺來的財產，供兒子上學，甚至還預支了退休金，湊到一億五千萬，跑到學校去。

「拜託和于民貼身相處，做到連呼吸都同步！」

他給了法學院成績最好的三個人各五千萬，要求他們到畢業時為止必須做到和自己兒子一切同步，甚至還簽下切結書。在他如此的運作之下，最後果然如願以償。

于民令人跌破眼鏡，在畢業的同時，也通過了律師資格考試。

但當于民南下堤川想和父親分享這份喜悅的時候，父親已不在人世。當初為了不想妨礙于民埋頭準備考試才沒有告訴他，其實在于民參加律師資格考試之際，父親就已經因為肺癌而永遠闔上眼睛。

父親一輩子存下來的錢全都花在了兒子身上，連一毛錢的遺產都沒留下來，但卻留給了于民「律師」的資格。

「然而我已經拿到律師資格三年了，卻連個像樣的工作都找不到。努力？我比人家還要努力十倍，在這個國家裡，沒有一個人六法全書讀過的次數比我多。資格考試通過了之後，大家都不願意再看一眼六法全書，只有我即使成了律師之後，也還讀過千千萬萬遍。但這一點用都沒有，根本沒人賞識我。早在我上法學院的時候，不，是我開始上學的時候，一切就已經注定了。我就是個三流的人，一個三流的人是找不到工作的，不管用什麼手段都改變不了這個事實。」

在于民充滿絕望的傾訴中，小吃店大嬸聽得入神，也跟著眉頭深鎖，好一會兒之後才粗暴地倒了杯酒一飲而盡。

「唉，這該死的世上到底想怎樣，年輕人找個工作，還要煩惱到這種地步！我還以為律師有多了不起，原來不是這麼回事。我們那個時候，不要說大學，就算高中畢業出來隨便也能找到好工作。來吧，喝一杯，你心裡一定很難過！」

大嬸眼中充滿憐惜，為于民倒了一杯酒之後，也拿過自己的酒杯，給自己倒了一杯喝下去，嘴裡吐出不同以往的粗俗全羅道方言。

「國家到了這種地步，乾脆亡了算了！年輕人找不到工作，好歹也要讓人家做個生意。可是這地價、這租金，根本什麼都幹不了！聽說總統那人光搬家就搬了超過二十次，根本就是搞不動產投機，這下全都害到年輕一輩去了！」

但下一瞬間，大嬸像是突然想到什麼似地，雙眼放光。

「等等，有個白天會過來這裡喝燒酒的人，那人是律師耶！以前有人跟他一起來，就喊他律師、律師的。看他平常穿的，還有老是白天一個人跑來喝酒的德行，我還以為他是個落魄的失業者，看來我得拜託那人看看有沒有什麼工作可以做。如果他說沒有，那我就拜託他在辦公室裡多放張椅子也行。多磨個幾次，說不定以後有了感情，就不會趕你走了。」

2 金允厚律師

小吃店大嬸令人難以置信地輕易就為于民找到了工作。

「快點過來！」

小吃店大嬸的熱情，讓于民勉強揉了揉打了一夜電玩而赤紅的雙眼，趕緊跑到小吃店。小吃店裡坐著一個看似五十五、六歲的人，面前放著一瓶燒酒，正在喝牛肉濃湯。

小吃店大嬸一看到于民進來，趕緊過去他身邊小聲地說：

「我端了一碗特濃湯給他，還多加了好幾塊牛肉，撒撒嬌，順便把原委一說，他就說好。你這下有工作了！快，過去打個招呼！」

大嬸扯著于民的手臂，把他拉到那名五十多歲男人的面前坐下，男人有滋有味地喝著濃湯，正在替自己倒酒。大嬸乾脆在旁邊坐了下來，無奈地在中間搭話。

「大律師，這就是我剛才跟您提過的那個人。」

五十多歲的人，穿著陳舊的外套，鬍渣好幾天沒刮，看起來一點都不像律師，但于民還是深深一鞠躬，像是第一次見到地位那麼高的人一般。

「很榮幸見到您，我叫崔于民。」

五十多歲的男人放下酒杯，也不知道看到了于民沒有，自顧自舉起湯碗，呼嚕嚕地大聲喝湯。大嬸對著尷尬的于民安慰地說：

「這位原本就不愛說話，有點孤僻。不過真的說了讓你明天開始去上班，所以你確實被錄用了。哎呀，大律師，您就說句話吧！年輕人挺尷尬的。」

男人瞟了于民一眼，拿起面前的酒杯倒滿。于民趕緊伸出雙手接過來，這一杯酒，就代表他確實被錄取了嗎？他心裡一點把握都沒有，躬身托著酒杯遲疑了老半天。

「快乾杯啊！」

在大嬸的催促下，于民側過頭，乾了這一杯。[1]下一刻他感到眼前一陣風起，男人不知何時已經站起來走了出去。于民頓時不知所措，手上拿著一張萬元紙鈔的小吃店大嬸，操著全羅道[2]方言在于民的耳邊說：

「別擔心，他走前給了一張名片。金．允．厚律師，原來他叫金允厚啊！這裡有辦公室地址，你明天到這裡去上班就行。」

于民接過大嬸遞來的名片，仔細端詳起來。果然名片上職稱印著「律師」，一看到這兩個字，于民才終於放下心來。一個看起來像是因為失業，只能借酒澆愁的五十多歲落魄男人，原來真的是律師。

瑞草洞法曹大樓

辦公室的地址也不亞於「律師」的職稱，一下子吸引住了于民的眼光。瑞草洞法曹大樓，就是大法院前面那棟全被律師事務所占滿的建築物，是律師們夢寐以求的地方。只要辦公室地址寫著法曹大樓，就等於拿到一張堅不可摧的證書，代表這間辦公室的主人是首爾最有前途的律師之一。

「這怎麼可能！」

于民為這突如其來的命運感嘆，一個便宜小吃店的店主大嬸，竟然給他帶來如此的

1 韓國人禮儀上不能正對著長輩喝酒，只能側過頭或側身喝掉。

2 昔日朝鮮八道之一，為全州和羅州，位於韓半島西南部，道府在全州。

幸運，于民想高聲大喊，好不容易才忍了下來。

第二天早上九點一到，于民西裝筆挺來到法曹大樓的辦公室，卻嚇了一跳。名片上的地址三〇五號室，有是有，卻還沒開門。

大樓裡其他所有的辦公室裡，職員們已經開始辦公忙得不可開交。這個時間說早也有點早，也有部分辦公室還在打掃。至少沒有一間是關著門的，只有刻著金允厚律師的三〇五號辦公室還大門緊鎖。

于民不好意思在緊閉的大門前站崗，轉身走下樓去，每隔十分鐘上來看一次，十點都過了，門還是沒開。十點半一過，已經上上下下十幾次的于民，站在緊閉的辦公室大門前，掏出了手機。于民照著名片上印的金允厚律師的電話號碼按著鍵盤，手指頭卻在按下最後一個數字前停了下來。要他和昨天在小吃店的那張臉，那張一言不發，只顧著喝牛肉濃湯的木訥臉孔通話，無論如何還是有點遲疑。

「您哪位？」

于民被背後傳來的聲音嚇了一跳，轉過頭來。一位看似二十多歲快三十歲的女人睜大眼睛站在那裡盯著于民看。她的眼光彷彿在詢問：「這裡不是外人可以隨便來的地方，你在這裡幹什麼？」
「這裡是金允厚律師的辦公室嗎？」
「您哪位？」
女人不置可否地以一種非要知道于民是誰的語氣，又追問了一次。
「我是崔于民律師。」
上下樓梯不下十次的于民，已經累得一塌糊塗，但面對這個像是總務的女人，彷彿想盡快拾回自己的尊嚴般，故意在「律師」的職稱上加重語氣。
「有何貴幹？」
「第一天來上班。」
「什麼？上班？」
女人開始嘎嘎笑了起來。
「哈哈哈，您說來上班？」
「是，我已經被錄取了。」
「被誰錄取？」
「……。」

「說啊，是誰錄取您的？」

「是金允厚律師，這間律師事務所的法人代表金允厚律師。」

女人一副莫名其妙的樣子隨即又問：

「是金律師……剛才您說自己是誰？崔……？」

「崔于民律師。」

「錄取了崔律師嗎？」

「是的。」

于民對眼前的情況很不滿意，更加重語氣回答。

「哈哈哈哈！」

女人這時終於露骨地爆出大笑，將眼光投向于民緊抓在手上的律師公事包。那眼神彷彿在問：「您真的是律師嗎？」這讓于民心裡有點受傷。從一開始像在藐視自己的詢問，到自己身上有哪裡很可笑的眼光，都讓自己很不高興。

「可以請問您是誰嗎？」

「我是洪律。」

「啊？」

「洪美珍律師！」

令人意外的是，這個自稱是律師的女人，竟然從手提包裡掏出鑰匙，打開了辦公室的門。

「不管怎樣，先進來吧！」

跟著女人身後走進去，辦公室全景也映入于民眼中。邊間的關係，辦公室兩側牆壁全用了大片玻璃，視野開闊，比起同樣大小的其他辦公室，看起來更寬。中央擺了一張大辦公桌，上面有一塊黑色漆器職名牌，油光閃亮的表面以本人筆跡刻著「律師洪美珍」。于民瞬間頓感驚愕，周圍雖然還有三張小桌子，但應該是總務或職員用的吧，辦公室裡根本看不到錄取自己的金允厚律師的職名牌。

「坐吧！」

洪美珍律師指指放著自己職名牌的大辦公桌前面的沙發，請于民坐，臉上依然掛著嘲諷的表情問：

「金律師真的叫你來這上班？」

「是的，沒錯！」

又確認了一次中央大辦公桌上的職名牌之後，于民的回答變得很恭敬。

「是嗎？怎麼可能……，以什麼條件？」

「……。」

于民說不出話來，錄取最重要的基本內容，也就是月薪，或者說是年薪也好，在自己的錄取條件上並沒有那個數字。拿到律師資格之後的三年期間一直找不到工作，對自己來說，金允厚律師的出現無疑是一項奇蹟，也是一大幸運。再者，在昨天那種情況下，也沒有機會詢問月薪多少，工作條件是什麼，而小吃店也不是談那種事情的地方。自己僅僅因為小吃店大嬸的一句「你被錄用了」，今天就跑到這裡來。

「這不是簡單就能決定的內容，所以還沒有談到。」

「呵呵，連薪水都沒談好，還說什麼錄取？」

「我想今天金律師來了以後再討論這個問題。」

「是嗎？」

這位名叫洪美珍的年輕女子一臉不相信的表情結束對話，就把一堆文件攤在辦公桌上，自顧自埋首工作。于民大大方方坐在沙發上等金允厚律師的到來，但從剛才與洪美珍的對話中所感受到的不安感，隨著時間的過去越來越大。

（奇怪，怎麼辦公室裡沒有他的職名牌？那麼為什麼他的名字會被掛在外面的大門上？還有那位洪美珍律師又是什麼人？怎麼一副主人模樣地使用這間辦公室？還有為什麼始終對我被錄用表現出否定的態度？那句帶著嘲諷意味的「怎麼可能」，又是什麼意思？這麼看來，金允厚律師有點奇怪。不，不是有點，是非常奇怪。從他一副長期失業者的模樣，還有大白天就喝掉一整瓶燒酒的德行來看，全都很奇怪。那麼，難道小吃店大嬸說我被錄取了，是騙我的嗎？不，她明顯是真心為我高興的樣子。）

時間一點一滴流逝，都過了中飯時間好一陣子，洪美珍仍沒有起身的意思，只一心埋首在文件堆裡。于民遲疑了一下，還是拿出金允厚律師的名片，他心裡雖想在這裡一直等到金律師出現，但怕自己會給自稱洪律的那個女人留下一種自己是個傻瓜、一無所知只會乾等的印象，所以也不能一直坐著不動。

「怎麼還沒到，看來我得打個電話過去問問。」

于民想引起美珍的注意，但美珍還是埋首工作，不作任何回答。尷尬的于民只好以手指頭一個一個用力按下金允厚律師的電話號碼。當要按下最後一個數字的時候，于民又猶豫起來，但最後他還是堅決按下了最後這個數字。

然而一句意想不到的語音傳了出來。

——您現在撥打的電話依顧客要求已停止通話無法連接，請確定之後再……。

身為律師，手機竟然無法通話，還是依顧客本人的要求停話的！坐在沙發上等待金律師出現的于民，內心一直感到惶惶不安，而這份不安此刻終於到達頂點。

「一切都完蛋了！」的想法一冒出來，于民突然感到全身虛脫，心底湧起一股難以言喻的悲哀。自稱是金允厚律師的那個人並沒有雇用自己，不，或許他根本就不是律師。大韓民國的律師中，有哪個律師會將手機停話？

「打擾了！」

于民最後只能沉重地從沙發上起身，低頭向依然連瞧都不瞧自己一眼的美珍致意後，就轉身朝大門走去。心底也同時升起一股異樣感，不同於過去每次求職失敗時的那種失望，區區一個小吃店大嬸突如其來的宣布，就讓他以為自己被錄取，他無端厭惡起這樣的自己，也深深感到自慚形穢。

「你過來！」

就在于民的手放上大門把手，正要轉動的瞬間，背後突然傳來美珍的呼喚。于民想著別理她，還是推門走人算了，但他比誰都清楚，那只是一種感情上的奢侈。雖然那女人從一開始就對自己帶著嘲弄、不在意的態度，但好歹是使用這間辦公室裡最大一張辦公桌的人，而她正呼喚自己過去。

「啊？是在叫我嗎？」

對著轉過頭來，一副遲疑模樣站著的于民，美珍以不帶一絲感情的口吻乾巴巴地說：

「想做你就做吧！」

「什麼？」

「我說你想做事就做事吧！就用這間辦公室，這張辦公桌。」

美珍用手指頭敲敲放著自己職名牌的辦公桌。

「這什麼……。」

「我的意思是說，有顧客上門的時候，你就把你的職名牌放上來。不收你辦公室使用費，但管理費和其他消耗品費用，你得和我各付一半。金律師叫你來上班，就是這個意思。」

于民好像聽懂了美珍說的話，也就是說，他不是被錄取，也沒有薪水，但可以使用這間辦公室接案，只要付點管理費就行，這就是金允厚律師的意思。

「金律師跟您聯絡過嗎？」

「不然我有什麼權利對你指手畫腳的？」

「那您為什麼不早說……？」

「你自己不是說要直接和金律師通話嗎？」

于民感到很荒唐，同時也確定這就是一個下馬威。他似乎看出美珍的心機，這女人就等著看他垂頭喪氣，憔悴不堪的模樣，來確保自己優越的地位。于民舉棋不定，突然「啊！」一聲，用力地點了點頭！美珍這女人的嘴裡為他提供了另一條路，讓他在再度成為落伍者，邁向悲慘道路之外，還有選擇的餘地。

開業，說不定是比錄用更好的一個機會，就這麼到來了。之前他也考慮過開業，但因為沒錢租辦公室，乾脆連想都不去想。美珍明確地告訴他，金律師給了他開業的機會。

于民將美珍的話再重新整理了一次，緩緩點了點頭。雖然不是被一家顧客盈門的律師事務所錄用，但這也是一種新的冒險、新的挑戰。也就是說，這是一個千載難逢的機會，不用花錢就能開業，于民握緊了拳頭。

但下一瞬間，千載難逢機會的想法，就被擔心所掩蓋。這種地方，這麼大一間辦公室，租金一定貴得嚇人，怎麼可能不收辦公室使用費？

像是看出于民在想什麼，美珍又埋首文件，頭也不抬地說：

「這間辦公室確實是金律師所有，大樓興建的時候他就買下了一間。」

「那金律師不在這兒工作嗎？」

「你不會自己看！」

美珍冷冷地回了一句。比之前稍微顯出一點生氣的于民，飛快看了一下幾張小辦公桌。從辦公桌一字排開的方式來看，絕對是職員們的桌子沒錯。但怎樣都無所謂，想到可以在這幾張桌子中的一張上放上自己的律師公事包工作，于民就心潮澎湃，只好偷偷深呼吸幾下，平緩自己的氣息。

「金律師真的不會叫我繳辦公室使用費吧？即使我用這間辦公室接案？」

「同樣的話你要問幾次？金律師根本不關心人間事！我也在用這間辦公室啊，可是我從來沒繳過使用費。」

美珍的回答讓于民消除了心中最大的疑慮，但這次于民又開口問一些小問題。

「那洪律師您為什麼不在辦公室雇用職員呢？可以跑法院，還能代為接聽電話。」

「以後崔律師你賺了錢再雇用不就行了！我現在一個人什麼都能做。」

也就是說，美珍這女人，是一個吝嗇到極點的小氣鬼。那麼從她身上，絕對有很多值得學習的地方。于民這下開心了，用力地點點頭說：

「不管怎樣，我們握個手吧！以後就是共用這間辦公室的律師夥伴了。」

美珍一副不情願的樣子伸出手來，然後「啊」地慘叫一聲，臉都歪了，這都怪于民的手用力過猛。只要有了這麼一間辦公室，成功指日可待，于民內心深處流露出如此的自信。

3 第一份委託

第二天于民一大早就來上班，把辦公室打掃、擦洗得光可鑑人。既然沒有雇用額外的員工，這種事情自然是辦公室主人自己要做。有地方可掃、可擦，光這點就讓于民心情好得很，呵呵笑個不停。

「Good Morning！哎呀，還真得感謝金律師，給我送來了這麼好的人！」

美珍一看到辦公室有別於往昔變得乾淨、整齊，不知道是不是太滿意了，就邀于民一起共進午餐，還順便告訴他一些瑣碎的事情。她說自己只接離婚案件，以後也一樣，藉此培養出專業性和名聲，而這種策略也相當有效。

「看來妳為委屈的女人做了很好的代言。」

于民點著頭，大讚美珍的專業化策略。

「不，正好相反！我是為男人攻擊女人。」

「啊？」

「我不懂男人，但我很懂女人，因為我是女人。女人如何欺騙男人，如何欺負男人，我清楚得很！所以在離婚訴訟中，我知道如何有效地攻擊女人的弱點。就因為我攻擊的對象不是男人，而是女人，所以才能打贏官司。不知道從何時開始，我就被冠上了『專治惡女的惡女』這個綽號。」

從見面之初，就讓人覺得哪裡很討厭的美珍，果然在賺錢的方法上很靈光。

于民每天打掃完畢，等美珍來了以後，他就提著公事包出去尋找顧客。所謂律師，舉手投足包括呼吸在內，全都算得上營業行為，就算坐著不動，也有這樣那樣的熟人或地緣、學緣的客人找上門。但現在于民的處境，卻不能坐等顧客上門。

于民勤快地在法院四周走來走去分發傳單，傳單上寫著「專接沒人要接的案子」。這是于民為了遮掩自己的缺點，才以其他律師嫌麻煩或覺得有傷品味不願接的案子，作為自己主要承接的對象，也算是于民的一種策略。

但是拿到傳單的人，卻與于民的意圖正好相反，只是搖頭拒絕。于民一點也不覺得難為情，還自我介紹是律師，這讓人更感迷惑。

「專接別人不接的案子，表示自己是很有實力的律師，為什麼這麼有實力的律師卻親自來發傳單？」

「這不是表示我有實力……。」

對於他人的質疑，于民說不出完整的回答。他實在很難親口說出，是因為自己沒有實力，所以才專門接別人不接的雜七雜八案子。不管怎樣，于民還是勤快地走來走去，分發傳單，為這長期失業後而送上門來的機會心存感激，樂在工作中。有時為了省錢，連中飯都不吃，但于民還是愉快地走來走去。

每天于民早早出門，到了下午或傍晚時分，才回到辦公室，沒再直接和金律師碰過面。有一次看到金律師步出辦公室的身影，趕緊追了上去，低著頭恭敬地大聲表達謝意。但金律師也只是飛快地看他一眼，什麼話也沒說就走掉了。

「金允厚律師為什麼不接受我的致意呢？」

美珍一副心不在焉的樣子，沒什麼誠意地回答：

「怎樣，有什麼好擔心的嗎？」

「擔心倒沒有，只是覺得奇怪。總要直接問問是不是真的免費讓我使用辦公室，我才能安心接案，不是嗎？」

「你這話該不會是說，如果沒有他的許可，你就不敢接案子吧？」

「……。」

事實上，當初剛開始來上班的時候，曾經抱持過的「總會做出一番成績來」的希望，隨著時間的過去，一點一點地消失。早上打掃完畢，在外面轉一整天，傳單也發了幾百張，委託諮詢的電話卻沒幾通。律師界承接案件的困難，似乎比想像中更嚴重。就連過去因為委託太多接不完而樂得大喊的資深律師們，如今也因接不到案子叫苦連天。如此局面下，身為新上任的律師，想要接案更是難上加難。

看到于民每天下午都無功而返，美珍露骨地做出慘不忍睹的表情。

「先不管能不能接到案子，都過了這麼久時間，怎麼連一個有點意義的諮詢都沒接到？你到底都去了什麼地方？」

「能去的地方都去了。」

比起美珍尖銳的聲音，于民的聲音一點力氣都沒有。但于民還是在聲音裡自我振作，下定決心似地說：

「不管怎樣一定會成的，畢竟我走了這麼多路，做了這麼多宣傳，一點也不亞於保險經紀人。網路上可以輸入『崔于民律師』這個名字的地方，也全都輸入了。」

「你覺得這種事情光靠你到處走來走去，發發傳單，上網見縫插針輸入那陌生的名字就能成嗎？你拿到律師資格都有三年了，卻連個像樣工作都找不到。現在開業快一個月了，連一件案子也沒接到，你不覺得這當中有什麼嚴重的問題嗎？」

美珍就是看不慣于民每天像個流動攤販一樣到處分發傳單的樣子，然而她的指責也不全然是沒有道理的。

事實上律師開業時有所謂的黃金時期，也就是剛開業的時候。如果這時期連一件案子都沒接到，這跡象就表示以後都沒希望的意思。于民自己也知道不該一下子就站上律師世界的正中央，但他也對自己吶喊，不是只有一流的人才有飯吃，只要在自己能力所及的範圍內，他都會盡力而為。

「你知道哪種職業裡實力差距最大嗎？就是律師。有的律師一年可以賺好幾億，有的律師則連半毛錢都賺不到。為什麼會出現這麼大的差別呢？關鍵就在實力，實力！」

「洪律妳討厭我幹律師這行嗎？」

「……。」

「看來真的討厭的樣子！但妳為什麼討厭呢？」

「一個律師跟個流動攤販一樣到處跑，哪個律師會喜歡這種人？何況那個人還是共用一個辦公室的律師。」

美珍大概也覺得自己說的有點過分，講到一半就閉嘴，但于民還是一臉悶悶不樂地，駝著背一屁股坐進沙發裡。

過了好一會兒，他才像辯解似地吞吞吐吐說：

「有了辦公室，我又這麼認真……，一定沒問題的。妳就再忍耐一下吧！」

早就把臉埋進文件裡去的美珍，聽了之後諷刺地回嘴：

「什麼專接別人不接的案子？世上沒有那種東西啦！只要有案子，律師沒有不接下來的！」

「不，一定有的！」

「……。」

「一定有什麼案子是律師們不接的，小案子之類的。像是覺得太降低身價而不想接的案子，或是就算漂亮地解決掉之後，也賺不到多少錢的那種案子。世上多得是對方以為律師這種人一定不屑一顧，不願意承接的案子。還有窮人們，律師對他們來說是非常遙遠的存在。自認高尚的律師，再怎麼接不到案子，也不會去接窮人的案子。」

「你的意思是說，就算一毛錢都拿不到你也願意接？」

「不是！我非常清楚自己想做什麼，才這麼決定的。窮到連計程車費都沒有的我，想要賺大錢，那是自己騙自己，我只想盡力做好自己份內的事情罷了。」

望著突然長篇大論為自己辯護的于民，美珍嗤之以鼻，收回眼光，也不再針鋒相對。而自上班之後，首次對著美珍，不，該說是對這世上發表言論的于民，也從沙發上起身走了出去。

不管于民有多堅定，還是一直沒有案子上門，面對如此殘酷的現實，就連美珍臉上的嘲諷也消失了。于民自己也有了倦意，不打算再分發傳單。然而就在這時，從來沒響過的手機竟然有電話打進來。

「請問是崔于民律師嗎？」

「是的，沒錯！」

「聽說您專接別人不接的案子，是真的嗎？」

于民多少有點慌張，之前就是秉持著這個原則，走到腳都快斷掉了，但一下子有人打電話過來，他反而腦袋轉不過來，不知道該如何回答。

「是沒錯……。」

「所謂別人不接的案子，是指怎樣的案子呢？是指敗訴率很大的困難案子嗎？」

「喔，不是的！我的意思是再怎麼瑣碎的小案子也可以……。」

「啊，是嗎？那太好了！」

由於對方不等于民說完就打斷，于民還想說「收費低廉」，但沒機會說出。

「您的辦公室在哪裡？」

「瑞草洞法院正對面法曹大樓三〇五號室。」

「明天上午可以見個面嗎？我時間很趕，不好意思。」

「當然可以！」

于民高興得快飛了起來，雖然不知道後續是否真能接下這個案子，至少這是開業以來第一個有意義的約會。

「啊，不過很抱歉，明天見面的地點可不可以不約在您辦公室，而是約在仁川機場呢？我會支付您足夠的出差費。」

「好的，沒問題！不過為什麼約在機場呢？」

「我明天上午的飛機出國。」

約好在仁川機場二樓的貴賓室見面後，于民掛斷電話，臉上卻與剛接到電話時不同，顯得有些陰霾。一個在機場馬上就要出國的人，要讓他在律師委任書上面蓋章，順便拿到委託費，現實上似乎有點困難。

第二天在仁川機場碰面的人，是位自稱在紐約工作的上班族。

「我叫理查金，在首爾的大學畢業之後，就到美國留學，然後就定居在那裡。剛開始在大學裡待了一段時間，現在在一家公司上班。」

「原來如此！」

于民覺得有點沒自信，對方一副氣宇軒昂的模樣，即使兩人第一次見面，也能侃侃而言，看來等等他要說的話一定不簡單。于民心裡擔心萬一接下來對方說的話自己聽不懂怎麼辦，但外表上還故作鎮定。

「公司事情太忙，我只是短暫過來一下，馬上又要回去。但有件事情我實在放心不下，所以用手機在網上檢索了一下，就找到了崔律師您！」

「是國際貿易的事情吧？」

找到了適當的單詞，自己鬆了一口氣，但心裡卻很沉重。國際貿易雖然也算是法律常識的一環，但因為要探究各種不同的情況令人厭煩，是他在法學院課程中最討厭的一門，此刻又回想起來。

「啊，其實不是為了我們公司的事情……。」

理查金顯出有點難為情的樣子。

「您說，沒關係！我什麼都能為您服務！」

「電話諮詢時，您說小事也沒關係，所以……。」

「是的，沒錯！」

「所以啊，其實這次我是因為我母親的事情才急急忙忙回來一趟的。我想拜託您的事情，正和我母親有關。」

「是繼承或贈與的事情嗎？」

「不是那種事情。」

「您說！」

「我母親一個人住在韓國，無可奈何下，我只好送她去療養院。她現在高齡七十六歲，但比起年齡，健康狀態卻不太好。尤其是心臟的問題，讓我很擔心。」

「為什麼令堂不過去美國一起住呢？」

「好幾次我要帶她一起過去，她都一口拒絕。而且我一想到我在公司上班的時候，母親得一個人待在家裡沒事做，就覺得很心痛。言語不通，又沒有朋友，美國對我母親來說，簡直就跟地獄沒兩樣。」

「沒有孫子孫女嗎？」

「沒有。」

「難怪不願意去！那麼這裡沒有其他兄弟或親戚可以奉養令堂嗎？」

「她只有我一個兒子，親戚有是有，但年紀都很大了，也各有各的為難，不方便把我母親託給他們。」

「原來如此！那麼您希望我怎麼做？」

「我希望崔律師能代我偶爾過去探望，看看療養院方面是否好好地照顧她，或是在療養院不知道的情況下，有人排擠她或欺負她。我想知道您是否能為我關照這些事情，才約您見面的。」

「去探望，並且監視是否有被排擠……。」

「雖然是些瑣碎的事情，但我也不能隨便拜託別人。如果崔律師您能親自前去的話，我一定會重重地答謝您。」

于民的臉上顯出開朗的笑容，心裡也在歡呼。當初自己決心分發傳單，宣傳「專接別人不接的案件」時，想的就是這類的案子。

「您放心，我一定會像侍奉自己母親一般地過去照看。」

提出如此要求的理查金，聽到于民超出自己期望以上的回答，表情瞬間變得開朗起來。

「崔律師您真的會親自前去嗎？」

「當然！我盡可能時常過去，如果令堂有什麼難言之隱，我也一定會仔細觀察，因為年紀大的人什麼都想瞞著不說。」

于民的話讓客戶倍受感動。

「確實如此，您真清楚！那麼該支付您多少報酬呢？」

于民想了想後問：

「療養院在哪裡？」

「中清北道堤川。」

「堤川那地方我很熟，從清涼里搭火車過去就能到，交通很方便。那麼三百萬就夠了。」

「每個月嗎？」

「什麼？」

「每個月付您三百萬就夠了嗎？」

「不是，是一年！」

「什麼？一年才三百萬？不會太少了嗎？」

于民用力搖搖頭。

「不會、不會，我的時間很多，之前還正煩惱接不到案子，所以三百萬就夠了，付我這個金額我就很感激了。」

理查金望著于民好一會兒之後，掏出皮夾拿出三張支票遞了過去。

「您和一般的律師真的很不一樣，一年算三千萬吧！我在美國心裡一直牽掛著母親，現在終於可以放心了。萬事拜託！」

當于民看到支票上所寫的金額之後，忍不住從嘴裡發出驚叫。

「我的天，這太多了！」

「這是我本來就準備好的錢，您就收下吧！我不是要用錢換心安，其實我在世界銀行工作，年薪很可觀，這種程度的金額我絕對負擔得起。」

理查金和于民簡單地簽署完文件之後，一臉如釋重負地和于民握手道別。儘管于民一直想把錢退回去，但理查金堅持拒絕，轉身就朝著報到櫃檯走去。

獨自站在原地的于民，就像肥皂劇裡演的那樣，不知不覺間淚流滿面，嘴裡喃喃自語。

「我發誓，我一定會當成自己的母親一樣照顧，您放心！」

塔夫特報告1／蔡東旭

朴槿惠[1]上任之初，最擔心的便是對政權正統性的爭議。二〇一二年總統大選當時，國情院[2]為了協助朴槿惠當選，曾經有過動作而遭到在野黨踢爆。即使在朴槿惠就任總統之後，這件事也被冠以十分敏感且危險的「國情院回帖事件」[3]之名，讓朴槿惠身陷無止境的憂慮與不安中。

再加上傳出首爾警察廳長金用判對偵查「國情院回帖事件」的警察署施加壓力的說

1 朴槿惠，前南韓總統朴正熙長女，二〇一二年大選獲勝，正式成為大韓民國第十八屆總統，也是韓國史上第一位女總統，二〇一六年因捲入崔順實閨蜜門干政醜聞於二〇一六年十二月九日遭國會彈劾，二〇一七年三月十日韓國憲法法庭裁定彈劾成立，朴槿惠被即時罷免，成為韓國史上首位被罷免的總統。

2 韓國「國家情報院」的簡稱，前身為中央情報部。

3 此事件又被稱為「國情院操縱輿論事件」，指二〇一二年總統大選時，國情院在網上有系統地偽裝成一般民眾，大量散布支持當時的執政黨總統候選人朴槿惠與詆毀在野黨候選人文在寅的回帖留言。

法，目前情況很可能會引發群眾示威抗議。

韓國檢察官分為公安和偵查兩種，公安檢察官重視維護國家安全的任務，很擅長於協調。一旦發生會顯著危害到社會安定或政權穩定的事件時，他們就會迅速與政權或高層官員進行協商，因此公安檢察官出身的檢察總長擅於維持安定。

相反地，偵查檢察官相信，凡違法事件一概必須揭穿，才能維持整個社會的發展與穩定。朴槿惠執政初期所任命的檢察總長蔡東旭[4]，就屬於這類偵查檢察官的代表，又被稱為「操刀者」。

蔡東旭在偵辦「國情院回帖事件」時，一點也不顧及任命自己擔任檢察總長的朴槿惠總統，也不帶任何善意，層層抽絲剝繭。可說完全忠於自己所擔任的檢察總長職務，不帶任何私人情感地處理自己的工作。

蔡東旭所帶領的檢察偵辦小組，為了更深入挖掘國情院回帖事件的真相，首先便以「收賄罪」起訴國情院長。像這樣對國情院擊出強力一拳之後，檢察官的偵查也逐漸擴大到國情院以外的其他單位。如果偵查繼續按此進行下去的話，總有一天這把火就會燒到推測曾經與國情院長或首爾警察廳長有過接觸的朴槿惠選舉陣營。

因此青瓦台方面對檢察總長感到十分困擾，朴槿惠總統連日來一再催促祕書室長解決，但內務部官僚出身的青瓦台祕書室長許泰烈[5]，對這種敏感又深具爆炸性的事件，卻感到束手無策，不知該如何處理。他嘗試透過各種管道，向檢察單位發出訊號，但對此，檢察總長蔡東旭卻絲毫不理。各方對檢察單位所施加的壓力越大，蔡東旭反而越是日夜不分，鼓勵自己所關愛的操刀者檢察下屬們辦案。因為他相信，肅貪、掃腐，之後必然能迎來最後的正義……。

憑藉著檢察總長的堅實保護與鼓勵，檢察官們更積極地挖掘「國情院回帖事件」，於是真相便開始被層層釐清。產生了危機意識的朴槿惠總統決定替換掉祕書室長許泰烈，她深恐事態繼續發展下去，會如前任總統李明博執政初期因狂牛症示威，差點失去政權一般，自己也會失去執政的主導權，處於守勢，早早成了跛腳政府。

深思熟慮之後，朴槿惠找到一位足以解決這一切情況的適當人選，那就是金淇春[6]

4 蔡東旭，一九九五年一月生於首爾，韓國政治人物，第三十九任大韓民國監察總長。二〇一三年因推動調查國家情報院涉嫌總統選舉，而得罪總統府。同年深陷婚外情和私生子傳聞而主動請辭。

5 許泰烈（一九四五年七月～），為朴謹蕙總統祕書室前祕書長，曾擔任過三屆國會議員。二〇一五年四月身陷收受企業七億韓元賄賂醜聞中，但遭本人強烈否認。

6 金淇春，前青瓦台祕書長，有「王室長」之稱，是朴槿惠政權的核心人物，也被認為是籌畫韓國文化界黑名單的主要策畫者。

祕書室長。對大多數的人來說，大韓民國的檢察總長是一個令人恐懼的位高權重者，身後統帥著一個無所不能的龐大組織。但對於從盧泰愚政權時代就已擔任過檢察總長和法務部長的金淇春而言，蔡東旭只是個有勇無謀的後輩罷了。

金淇春一九三九年生，他雖然被歸為是對朴槿惠具有影響力的人物之一，但實際上卻毫無建樹。然而當他被正式任命為祕書室長之後，他非常清楚自己的當務之急，也就是中止檢察人員繼續追查國情院事件。

他仔細分析前祕書室長許泰烈所做過的事情，發現蔡東旭對祕書室所傳達的任何訊號都不理不睬，因此他便不再對檢察總長做出任何姿態或訊號。他劊除了一張任何人都沒想到的天羅地網。

作為一名檢察總長出身的資深政治人物，金淇春做事從來不站在檯面上，他在暗地裡蒐集蔡東旭的弱點，沒多久他就幸運地，真的是太幸運地掌握到了蔡東旭的一個決定性的弱點。

蔡東旭的私生子！

蔡東旭原本在首爾擔任檢察官，後來受命調派釜山東部地方檢察廳。如一般傳統偵查檢察官一樣愛喝酒的蔡東旭單身上任，獨自在陌生的城市裡為了打發無聊，也會在工作之餘到酒館喝酒。於是他便認識了一位心儀的女子，兩人之間逐漸便有了深入的關係。然後有一天，這名女子向蔡東旭宣布了一個驚人的消息——我有了你的孩子。

這便是十幾年前在韓國社會轟動一時的「蔡東旭私生子事件」的源頭。

當蔡東旭成為檢察總長之後，那女人生下的孩子就對周圍的人說自己的父親是檢察總長，這話被金淇春祕密指揮下的青瓦台情報網所捕獲。青瓦台於是透過各種管道確定了這孩子的確是蔡東旭的私生子，為防萬一還經過再三查證之後，才將這件事情透露給了《朝鮮日報》。

《朝鮮日報》也因為這事情可能會牽涉到報社生存，因此透過一切可動員的手段，徹底調查這件事情，最後判斷這孩子確實是蔡東旭私生子。接下來《朝鮮日報》便以頭版頭條的方式，全面向世人報導檢察總長蔡東旭有私生子的消息。

對此，孩子的生母林女寫信給另一家報社，強調孩子的父親絕非蔡東旭，只是自己將素日相熟的優秀檢察官蔡東旭的名字，登記成孩子的父親而已，蔡東旭也明白表示那孩子並非自己的私生子。

然而《朝鮮日報》卻提供廣泛而有深度的情報，反駁林女與蔡東旭的主張。這事件越演越烈，也受到世間無比的關注，最後聚焦到親子鑑定上。但林女卻將孩子送往美國，不願意接受親子鑑定。儘管蔡東旭一再向親信們強調，孩子絕非自己的私生子，然而當擁有監督檢察總長權限的法務部，決定對檢察總長提出彈劾時，他便主動請辭。

金淇春祕書室長大獲全勝，他讓世人都相信孩子是蔡東旭的私生子，也讓蔡東旭從一個大韓民國最正直的偵查檢察官，淪落為人人唾棄的騙子。相反地，金淇春則在朴槿惠政權裡，占有了無可取代、無從撼動的地位。從此之後，金淇春便在朴槿惠所有政治活動上，發揮強大的影響力。

然而，那孩子真的是蔡東旭的私生子嗎？我們判斷「不是」的可能性很高。能幹的檢察官出身的蔡東旭，比任何人都清楚，既然孩子被揭露是自己的私生子，這件事便再也不可能翻盤。因此他在請辭之前，將數十年來信賴自己，一路相隨的後輩檢察官們全都召集起來，向他們強調：「我是清清白白的，那孩子不是我的私生子！」那麼他是如何看待這件事情的呢？

他針對《朝鮮日報》提出了「更正報導」的訴訟，並且強調孩子不是自己的私生子，要求進行親子鑑定，以查明真相。由此，我們就必須思考，這是一個一輩子從事偵查工作，對查明真相的過程和步驟比任何人都清楚的人，有可能到最後一瞬都在說謊嗎？

如果鑑定結果證明，孩子確實和他有親子關係，那麼蔡東旭會失去更寶貴的東西，也等於自己拋棄了自己的孩子。從婦產科文件的「父親」一欄，到學籍本上，都留下了蔡東旭的痕跡。而他也時常來找孩子，陪他玩，教他功課，家裡的傭人也作證蔡東旭常來，世人便以此斷定蔡東旭是孩子的親生父親。但還是有很多地方，需要從另一個角度來思考。如果這孩子真的是蔡東旭過去一直深愛的私生子，那麼蔡東旭有那麼愚蠢，在情勢已成定局的情況下，仍無情地否認，抗拒到底嗎？

綜合韓國國內所有相關的情報，並加以分析之後，我們所判斷的結論是，那孩子並非蔡東旭的親生兒子。為了幫助理解，將事件全貌重新組織如下：

孩子的生母林女在經營酒館的時候，認識了蔡東旭，兩人之間有了進一步的發展。但蔡東旭並非林女的第一個男人，林女還有另一個從過去就一直維持男女關係的男人。如果不是只有短暫的時間，那就是長期以來，林女一直周旋在兩個男人之間。而就在這段時間裡，林女懷孕了。比起之前認識的男人，林女更希望這個孩子是屬於新認識的男人。因此她在一切都還未明朗化的情況下，就對蔡東旭說「我有了你的孩子」。

男人碰到這種事情的反應，可分為三種。第一種男人是「什麼？我的孩子？妳在亂講什麼？沒有我的允許，妳怎麼可以懷孕？是我的孩子沒錯嗎？我們馬上去鑑定！」這種男人通常都很聰明，做事精確，但非常沒有人性。第二種男人認為，自己深愛的女人懷孕，卻馬上要求鑑定，這不合情理。這種男人會安慰女人說：「妳辛苦了！」然後買禮物給她，但心裡卻十分緊張，懷疑到底是不是自己的孩子。最後一種男人則是盲目地高興說：「啊，妳有我的孩子啦！真是辛苦了！」這種男人是好人，但也是傻瓜。

一般的男人大多心裡懷疑「這真的是我的孩子嗎？」的同時，外表卻表現出高興的樣子。他們不想成為馬上要求鑑定的無情人，卻也無法盲目地高興起來。蔡東旭應該就屬於這一種男人，因為他的家庭生活並不是那麼幸福。

他們之間的關係應該以那種方式維持了很長的一段時間，沒有兒子的蔡東旭原本也可以收養一個孩子，既然自己深愛的女人有了孩子，也可能不想就此掃她的興。不過出於檢察官的習性，他應該一直都在暗中懷疑，孩子是否是他的親生兒子，因此本能上他一定已經發覺了真偽。但在對孩子感情越來越深的情況下，他便以孩子的父親自居。

他在父親欄位中填入自己名字的行為，也是認為自己足以承擔父職的意思。韓國社會中，身為手握強權的檢察官，原本就可以比一般人大膽、任性地行動。

那麼蔡東旭為什麼要一直堅持到最後一刻才主動請辭呢？如果他真是清白的話，可以把孩子從美國帶回來，進行親子鑑定來證明自己說的都是真話。他絕對可以這麼做，但他卻選在最後一刻辭職，這中間有什麼內幕嗎？

外遇！醜聞的重點不在蔡東旭是否有私生子，而是外遇問題。一個在本質上負責調查外遇，嚴加懲戒的檢察官，私生子爭議本身就證明了他有外遇。換個角度看，策畫這些醜聞的人，他們的目的不在揭發孩子是否為蔡東旭的私生子，而是要暴露出「身為檢察官的蔡東旭有外遇」這個致命性缺點。因為他們最大的目的，其實是要證明蔡東旭本身操守有虧，不適任檢察總長一職，藉此折斷對準國情院和朴槿惠選舉陣營的那把刀，因此不管是私生子也好，外遇也好，其實沒有太大的差別。如果《朝鮮日報》從一開始報導，不是以「蔡東旭檢察官不為人知的私生子」為題，而是以「檢察總長蔡東旭的婚外情」來報導的話，或許蔡東旭從一開始就不會有那麼大的反彈。

無論如何，利用私生子事件將一個挖掘政權弱點的檢察總長拉下台，會被視為是執政者的卑鄙行徑，長久留在人們的記憶中。綜合考慮所有情況之後，在與朴槿惠政權進行談判時，可將蔡東旭事件拿來當一張施壓牌。

4 母與子

「太好了，真的太好了！不過這可能有點問題！一個沒有訴訟經驗、沒有工作經驗的人，第一次接案就收三千萬，小心人家告你詐欺。」

美珍前所未有地對于民露出濃厚的興趣，因為于民收到的金額，是自己要花好長的時間，接上四、五件案子才有可能收到的數字。

「我有能力詐欺嗎？」

「不管怎樣，總覺得有點不對勁。說不定是想詐領保險，把律師一起拖下水，這種可能性也不能排除吧，畢竟你確實看起來不怎樣。」

美珍即使把眼光放回自己辦公桌上，嘴裡也仍喋喋不休地抱怨。這時門被打開，金允厚律師出現在辦公室裡。美珍一看到他，就像在告狀一樣，連問候都省了。

「金律師，崔律師拐到一個沒眼光的人，收了人家三千萬，不知道會不會給我們事務所帶來什麼莫名其妙的傷害。金律師您可要從頭到尾好好看一下啊！」

大踏步走過來的金律師，臉上的表情沒有任何變化，他就當辦公室裡沒人一樣，什麼話都不說，也不打招呼，一下子就坐到沙發上，目光投向窗外。

于民起身走向他，雙手奉上一個信封。

「金律師，請收下這個。」

「……。」

「當上律師三年，這是我第一次收到委託費，我不是拿這抵租金，只是想表達一下我的謝意。」

于民把信封放到沙發前面的茶几上，但金律師既不收下也不看一眼，視線仍舊固定在天空上，只隱隱約約地點了點頭。于民等了半天看沒反應，就轉身回到自己的座位去。

「……。」

即使于民已經坐回位子上，還是很在意放在金律師面前的信封。但金律師依然看都不看信封一眼，只是望著天空，過會兒就離開了。

于民心中感到很不是滋味，從第一次見到他開始，一直到現在，金律師徹底無視自己的存在。唯一一次的互動，就是在小吃店裡把酒杯遞給他，讓他有了到事務所上班的勇氣，這要說幸運，還真的很幸運。

于民撿起茶几上的信封，放到美珍的桌上去。

「金律師大概不好意思收我的錢吧！之前一直當我不存在，現在突然要他收下錢，可能不太高興吧，麻煩妳幫我轉交。」

「我才不要！你以為我給他，他就會收嗎？要給，你自己給！」

美珍嘴裡雖然這麼說，還是撿起信封往裡瞧，大概很想知道裡面放了多少錢，快手扒開信封一看，隨即「啊」地大叫一聲。

「二千萬！」

下一瞬間，美珍看于民的眼光不知不覺地改變。

「你是在神智清醒的情況下放進去的吧？」

「是的。」

「我的天，你放個十萬意思意思也行，放個一百萬就算不錯，你竟然給了二千萬？」

「如果金律師沒給我這間辦公室的話，我連一萬韓元也賺不到。」

「那是兩碼事！這簡直太離譜了，留個一百萬，其他一千九百萬你收回去。」

「不行！」

「那不然放二百萬。」

「不，這全部我都要給金律師。不過問題是，暫且不管裡面放了多少錢，金律師根本一點反應都沒有。他為什麼對這世上毫不在意呢？洪律妳是怎麼認識金律師的？又怎麼會到這裡來上班呢？」

洪律又用滿是揶揄的眼神望著于民。

「我和金律師之間有特殊關係，才不像崔律師你，是被救濟的！不過我不知道他為什麼一副失魂落魄的樣子，從我第一天來這辦公室上班開始，他就是這副模樣。」

「妳說的特殊關係是什麼關係啊？」

「這你沒必要知道，反正如果你真的想給那麼多錢，那我幫你轉交吧！」

于民等辦公室裡的情況告一段落，隨即提起公事包趕往清涼里，只希望能早一刻抵達堤川探望理查金的母親。

「和老年人說話的時候，最好能錄音下來，以後還得再聽一次，因為年紀大的人往往口是心非。」

不知是否因為于民拿出那麼大一筆錢，所以美珍也少有地關懷起來。

「你說我家金博士把我拜託給崔律師你嗎？」

于民一走進療養院裡一間頗為寬敞的房間，就看見一位慈祥的白髮老人張開雙手，滿臉笑容地歡迎他。特別的是，理查金的母親竟然稱呼自己的兒子「金博士」。于民從這稱呼中，可以感受到理查金的母親對自己的兒子有多疼愛，多驕傲。

「是的！來看伯母前，我已經先和療養院院長，以及醫生、護士都見過面了。並且我也去找過大樓管理員、鍋爐室技工，檢測了暖氣的狀況。還去確認院長養的狗是否打過預防針，結果早就過期了。」

「呵呵。」

不知是否理查金的母親對于民不顧自己律師的身分，連芝麻綠豆大的事情都一一關照感到欣賞，露出滿意的笑容。

「一起住在這兒的人當中，有沒有讓您覺得不舒服或者想離遠點的人？如果有的話，您儘管告訴我。」

「唉唷，沒有沒有！不過崔律師為我這麼費心，我不知道該怎麼感謝你才好！」

「您別這麼說，令郎已經好好交代過我。而我也得到過高的賞識。像令郎這麼孝順的人，我還真沒見過。」

「金博士他啊，確實很優秀，雖然是我兒子，我還是覺得這種人世間少有。還有我媳婦，有機會你也一定要見見。怎麼會碰上這麼聰明又乖巧的孩子呢？一點也不像在美國念書的女孩。我也想去美國一起住，可是又怕妨礙到孩子們用功，才拚命忍了下來。」

「您媳婦還在上學嗎？」

「啊，她在美國拿到正正經經的博士學位，現在是教授。要不是她當上了教授，我也就過去美國住了。可是如果去了妨礙到這麼優秀的孩子用功，那可不行！所以我只要能在這裡想著金博士他夫婦倆過日子，就覺得很幸福。」

「令郎非常非常擔心伯母您，所以以後只要時間許可，不對，是我首先要做的，就是常常過來探望您。如果您有何問題，也請隨時撥打這支電話。只要您按下按鈕，我一定飛奔過來。」

「讓崔律師這麼費心，我感到心裡很扎實。不過，唉唷，打什麼電話……，我這裡也沒什麼事情，你幾個月過來看我一次就夠了。」

「不，我每個禮拜一定會過來。雖然一個禮拜來個兩三次也沒問題，但我怕會打擾您清靜。有需要的話，我每天來都沒問題。」

理查金的母親用力地搖搖手。

「唉唷，崔律師啊，那可不行！好了好了，我知道了！你快回去吧！」

理查金的母親似乎是一位有學識、懂關懷的人，結束了第一次的會面，于民懷著高興的心情坐上返回首爾的火車，按照洪律師的建議，慢慢聆聽對話錄音。幸好理查金的母親沒什麼積鬱，是一位心境平和的人，不用太擔心她的內心。

嗡嗡嗡嗡嗡，嗡嗡嗡嗡！

發了一整天的傳單，于民累得沉沉入睡，卻被手機不停震動的聲音吵醒，眼光聚焦到手機上來電顯示的名字。

理查金母親

一個完全意想不到的名字出現在手機視窗上，于民一驚趕緊起身。目光焦點移到名字旁邊顯示時間的數字，凌晨三點十七分，于民連忙大喊：

「喂喂！伯母！」

「……。」

「伯母！」

「……。」

不管于民再如何大聲呼喚，另一端也沒有傳來任何的聲響。于民停止喊叫，靜靜地傾聽，似乎聽到什麼微弱的聲音。

「啊啊，啊，嗚嗚嗚！」

于民聽出了這微弱的聲音是理查金母親的哭聲。

「伯母！我是崔于民律師啊，伯母！」

不管于民再如何呼喊，對方也沒有回答，就此掛斷了電話。後來于民再怎麼回撥，電話一直不通，就連療養院的室內電話也沒人接。于民從床上跳了下來，隨便洗把臉就跑了出去，招了一輛路過的計程車。

「忠北堤川！快點！」

遙無止境的經濟蕭條中，在深夜裡抓住幸運的計程車司機，不知是否想以盡可能聽從乘客的要求作為報答，狠狠地踩下油門。一般時候于民都會極力阻止，但現在滿腦子不安的想法下，恨不得催司機開得更快點。

計程車一進入南堤川收費站之後，于民變得更加焦慮。中間也用手機打了不下數十次的電話，不安感越來越強烈，計程車一抵達療養院，于民便飛奔而下，一把踢開值班室的門就闖了進去。

「誰啊？」

躺在折疊床上的值班人，看到一臉焦急的于民，嚇得坐了起來。

「三〇六號房的老太太在哪裡？在房間裡嗎？」

「三〇六號？喔，那位老太太！」

于民瞪著值班人，眼珠子都快跳出來了。

「送到醫院了，電話講到一半突然心臟病發作。」

「剛才是在跟我通話，不過病情嚴重嗎？在哪家醫院？」

「首爾醫院，在堤川市區裡的一家綜合醫院。」

于民又連忙跑了出來，可惜計程車已經開走了。

「麻煩趕快幫我叫一輛計程車，要多少錢都沒問題。」

理查金的母親躺在急診室裡，戴著氧氣罩大口大口地呼吸。一旦心跳穩定之後，就會慢慢入睡，但理查金的母親卻雙眼大睜，愣愣地出神。一看到于民進來，馬上搖搖頭，眼淚流個不停。

「伯母，幸好您沒事，醫生說已經度過難關。」

理查金母親顫巍巍地伸出手動了動，似乎想表達什麼意思。但實在沒什麼力氣，只能勉強晃兩下。于民握住理查金母親的手，想讓她好好休息一下，但理查金母親的手卻一直在于民的手掌裡動來動去。于民直覺理查金母親有話要說，說不定是什麼人激怒了她，所以現在她要向自己訴說，因此于民大聲地問：

「您有話要告訴我嗎？」

理查金母親點了點頭，就像在等他這句話似地。于民馬上去喊醫師過來，醫師看了看理查金母親的心電圖之後，就拆掉呼吸器。

「您現在可以說了，有什麼事嗎？」

「……孩子，孩子他……。」

「什麼？」

「孩子他……。」

「伯母，您說什麼？」

「我的孩子……。」

「我的孩子？哪個孩子？」

「我家的，金博士他……。」

「金博士？您說的是令郎啊。您兒子怎麼了？」

理查金母親突然爆出細長的哭聲。

「死，死了……啊，嗚嗚嗚……死了……。」

這真是青天霹靂！

「伯母，您在說什麼？金博士死了？」

「……。」

于民終於掌握住事情原委。

幾天前母親接到理查金從美國打來的電話，還開心地跟兒子說崔于民律師來過了，是一個很好的人，聊了半天之後才歡歡喜喜地掛上電話。昨天從理查金那裡又有電話撥過來，但打電話的人卻不是兒子，而是紐約警察局殺人課的傑森警官。他說理查金從韓國回來不久就被殺害，這件案子已經引起高度重視，為了助於分析案情才打電話給理查金的母親。

理查金的母親全身都沒了力氣，整整兩天處於失神狀態，到了第三天才勉強起身。她一見到連日來都寄宿在汽車旅館裡的于民，就拚著最後殘餘的力氣，巍巍顫顫地下了床，一下子就跪在于民的面前。

「崔律師，這是我這個老太婆畢生的請求。」

于民驚慌之餘，趕緊抓住理查金的母親。

「伯母，您快起來！」

「不，我不起來，除非你發誓答應我的請求。」

「您先起來，不管您有什麼請求我都答應，先起來再說。」

「不，我一定要這麼跪著請求你。」

于民看出沒法讓理查金的母親起身，便也同樣跪了下來。

「那我也跪下來聽您說。」

「崔律師，拜託你到美國走一趟，幫我查清楚到底是誰，為了什麼要殺我兒子。你要是不答應，我就這麼跪著不起來。真的！」

于民在老母親眼裡看到熊熊烈火，不難明白無論如何勸說都無法讓她起身。于民想痛快地答應她，但英語是個大問題。就算自己英語流利，但要到國外挖掘出殺人案件的內幕，卻是困難重重的事情，在不確定自己的會話實力到何種程度的情況下，他實在不敢答應。

「為什麼不回答我？崔律師你不也說過，我兒子真的是一個很優秀的人？那你為什麼不回答？我就這麼跪死算了！崔律師你不答應我，我就這麼死了算了！」

于民用力閉上眼睛。

「我去，我去美國！」

「那請你白紙黑字寫下來。」

于民索性按照老母親的要求，在紙上寫下來之後遞過去，再將她扶起來。既然答應了，于民下定決心去美國，寫起切結書來也就下筆如飛。

5 意外的建議

幫理查金的母親辦理出院手續，把她送回療養院之後，于民才返回首爾。即使將理查金的母親送回療養院，于民也擔心老母親太過悲傷，如果出了大事該如何是好，但反而是老母親雙眼更加爍爍發亮，說起自己的兒子幾乎知無不言，言無不盡，再小的線索也不放過，全都告訴了于民，連悲傷的時間都沒有。

「我也想過去看看，但這身體實在不行，心跳得厲害，頭暈目眩，連一步都無法走，所以我也只能一切拜託崔律師你了！」

「我明白！令郎身上到底發生了什麼事情，我一定會好好調查之後再回來。如果是搶劫之類的犯罪事件，說不定在我抵達前就已經抓到犯人了！」

「無論如何，萬事拜託了！我就在這兒等崔律師的消息！」

于民向老母親一再保證之後，才在深夜離開療養院搭夜車返回首爾。幸好于民過去雖然對複雜的法律關係解釋感到頭疼，但對刑事調查還是很有興趣，所以調查殺人事件反而比追究商事關係之類的工作還輕鬆。坐在奔馳的火車裡，于民開始對理查金在美國可能碰上什麼樣的情況才遭到殺害，一一做了推測。

單純搶劫殺人的可能性最高，但也不排除是與人結怨。然而理查金的母親卻根本不考慮結怨遇害的可能性。

——我兒子不可能會跟人吵架，或做出傷害人心的事，他從小就從沒跟人吵過架。

其次就是感情糾紛。據老母親說，理查金和他的妻子都是工作狂，平時沒什麼時間見面培養感情，說不定和別的異性有什麼不乾不淨的關係，最後演變成危險的買凶殺人。

——我媳婦聰明絕頂，有一次家裡遭小偷，她從東西四散的位置和足跡，就能正確推測出犯人的身形和年齡層。所以她說的話搞不好比警察說的話，更要注意聽。

聽起來不管理查金的妻子有沒有嫌疑，都有必要跟她好好談一談。于民決定一到美國就先去找理查金的妻子，然後就閉上多日來未能好好闔起的眼睛。

美珍從于民那裡得知理查金遇害消息之後，臉上出現複雜的表情。但一聽到于民決定去美國，似乎覺得荒謬，就開始叨念起來。

「我說，你腦子有沒有毛病啊？」

「……。」

「犯人如果抓到了，打個電話過去問問不就得了。就算沒抓到，你人過去又有什麼用？」

「……。」

「再說那人不是世界銀行的職員嗎？在那麼財大氣粗地方上班的人死掉了，不管是檢察官還是警察，一定不會袖手旁觀。你就算去了，也根本沒你的事，那你幹嘛還要答應人家？而且還寫什麼切結書？唉唷，你這個笨蛋！」

美珍一直嘮叨個不停，但看到于民以生疏的英語，結結巴巴地試圖和紐約警察局聯絡，就覺得快被他急死了，因此半帶嘲諷、半帶幫忙地也開始關切起來。可能是因為之前于民要自己轉交二千萬給金律師，開始對他產生興趣，或是因為日久生情的緣故，總之語氣變得較為親切。

「身為律師，你怎麼什麼都不知道，先把文件傳過去啊！」她還幫忙翻譯于民寫給理查金母親的切結書，傳給負責案件的刑警，並要求對方分享至今為止警方所保有的情報。

正好紐約警察局也需要韓國這方面的資源，馬上將到目前為止所發現事實的相關簡報傳了過來。傳真機裡傳來的文件，美珍搶先拿來看。

瀏覽之後，美珍頗有深意地搖了搖頭，嘴角揚起，嘴裡嘖嘖出聲，臉上的表情彷彿在說：「這不是一件簡單的案子，以你的程度去了也沒用！」

「驗屍結果顯示，後腦槍傷是造成死亡的主因，看起來是以小口徑手槍，近距離對著後腦開槍的。」

「死亡地點呢？」

「你自己看吧！」

美珍說完就把報告遞了過來，臉上帶有「連這種程度都看不懂，還想去美國」的意味。于民接過報告後一副不明所以的模樣，讓美珍看了後便搶過報告，手指頭指著解剖部分說：

「街角轉彎處啦！從地點來看，應該是尾隨在後，趁著人煙稀少的時候，在轉彎的地方掏槍射擊腦部。除了手機之外，其他物品都還在，不是單純的搶劫殺人案。」

由此來看，美珍似乎認為于民連基本的英語實力都不具備。

「有提到犯人的行跡嗎？」

「從這份報告內容來看，完全找不到頭緒，沒有發現任何物證，也沒有目擊者，看來要破案得花很長的時間，不然乾脆就成了無頭公案。所以啊，你去美國也沒什麼用。」

「……。」

「你去跟理查金的母親說明原委，取消去美國的約定。反正也沒拿錢，不用負什麼責任。」

「……。」

「這事你別再猶豫了，不管誰從韓國過去都無法干涉，就連紐約警察之前還不是一無所獲。」

看到于民默不作聲，美珍一臉譏諷地又添了一句。

「崔律師打算去美國帶著槍到處抓犯人嗎？」

「不，不是那麼回事！我如果說不去，理查金的母親一定撐不下去，說不定就此一病不起。」

「所以才叫你趕緊切斷關係啊！」

就在美珍一直慫恿于民的時候，金律師開門進來，美珍馬上一副「來得正好」的表情，從理查金母親深夜來電，到紐約警察的報告，重點自然是于民和老母親的約定，一件不漏地全都說出來。金律師依舊一臉漠然看著窗外的天空，等美珍說完話之後，竟然奇蹟般地吐出一句話。

「妳說遇害的委託人在世界銀行工作？」

「是的。」

「是的。」

于民和美珍異口同聲地回答。看得出兩人都對金律師少見地露出興趣感到驚奇。

「名字叫什麼？」

「平時叫理查金，不過聽他母親說，偶爾也使用金哲洙這個名字。」

「在韓國的時候用金哲洙嗎？」

「不是，他幾乎不來韓國，不過聽說從三四年前開始，在美國兩個名字都用。」

「所以你要去美國？」

「是，我打算過去一趟。就算知道可能得不到什麼成果，但我一想到那位老母親，就覺得不能束手無策地待在這裡不動。而且我也以律師身分寫了切結書。」

「你好像說過，以探望他的母親為條件，收了三千萬？」

「是的！」

「那你搭頭等艙去吧！」

「什麼？」

「飛機座位的艙等！」

不只是于民嚇了一跳，連美珍也是杏眼圓睜，反射性地問：

「金律師，頭等艙票價超過一千萬耶！三年找不到工作的崔律師，您要他搭頭等艙？我懂了，您其實是叫他別去了，對不對？」

美珍點點頭，一副懂得金律師真意的樣子。

「美珍，崔律師不是拿出了二千萬嗎？把那筆錢還給他。還有你，先去跟理查金的母親拿到律師委任書，然後傳到世界銀行去，飛機一定要搭頭等艙。」

金律師說完這幾句話之後，又把視線轉向窗外。神奇的是，他的言語中帶著令人無法違逆的力量。

「我過去之後該做什麼？」

「……。」

幾天後于民做好了一切旅行準備，在辦公室裡等了好幾個小時之後，才終於等到金律師出現。于民趕緊請教金律師他去美國之後該做什麼，但金律師根本不回答。

「我已經遵照您的指示，訂了頭等艙的位子。」

「……。」

于民看金律師還是不回答，便深深地一鞠躬。

「那我出門了！」

于民從金律師面前退下來之後，反而是美珍一臉擔憂地靠過來。

「你不要涉入太深，留個去過的痕跡就行。」

「感謝妳的關心和情意。」

「我是怕你不懂當地風土人情，到時闖下什麼大禍才這麼說的。不管怎樣，去了做做樣子就好，不然順便去看看尼加拉大瀑布也不錯。」

于民最後向金律師微微低頭致意之後，就打開門走出辦公室。從現在開始，他得單獨前往人生地不熟的美國，不管怎樣都得做出個成果來。想到這裡，不安如潮水湧來，但奇怪的是，不安的同時，一股不明的傲氣與勇氣也隨之而來。

有多少人生平第一次搭飛機就搭頭等艙，才十幾個小時的飛行時間，就得支付一千兩百萬，真讓人心痛地想掉眼淚，于民坐在位子上數著流逝的一分一秒。

「這是讓您換穿的便服，下機的時候可以帶走。」

頭等艙在通道左右各有兩個位子，共有四排，其餘的位子大部分都空著，讓于民再度認識到自己享受了多麼大的奢豪。于民哭喪著一張臉，突然抬手對空抓了一把，以分鐘為單位計算的數萬元大鈔就這麼四散消失，實在太可惜了，他就想抓一次看看。當初他連一千元都沒有，連計程車都搭不起呢！

（金律師為什麼非要我搭頭等艙呢？）

不管搭什麼艙等，反正還不是一樣會到，為何一定要花一千多萬呢？于民左思右想也想不明白。難道是為了讓他產生更強烈的責任感而賦予的動機嗎？只不過為了這點，就要花這麼多錢嗎？于民隨即聯想到金律師的內心，他就像個幽靈一樣飄來飄去，明明是自己的辦公室，卻交給美珍，自己無所事事地像到別人辦公室逛逛一樣，來了也不發一語，只凝視著窗外的天空，坐一下就走。或許他身上也有什麼故事吧，但不管誰看了都覺得他不太正常。

（他絕對有病！）

這個想法一冒出來，于民就感到微妙的愧疚。如果在首爾的時候就發現的話，至少可以試著說服他，陪他去看醫生。不管他的態度怎樣，除了父親之外，金律師也算自己的恩人，有恩於他。回去以後一定要打聽一下，于民握緊拳頭暗自下定決心之際，突然聽到空服員溫柔的聲音說：

「您要先來杯香檳嗎？」

以香檳為始的機內餐點服務，從飛機起飛，抵達東海上空之後正式提供。從開胃菜開始，到餐後甜點為止，用餐時間整整持續了兩個小時。還有從商標來看似乎水準不低的葡萄酒和威士忌，要喝多少有多少。

「泡麵配一杯純威士忌酒，味道很獨特喔！如果您睡不著或中途醒來，想嘗嘗的話請隨時吩咐！」

不知道是不是因為喝了太多葡萄酒，聽完空服員親切的問安之後，于民就沉沉入睡，直到機內燈光亮起，空服員忙碌奔走的聲音傳來才醒了過來。

「最後的用餐服務。」

飛行途中一直吃個不停，只要說一聲，隨時提供各種酒類和下酒菜，心情愉快的于民卻突然嘆了一口氣。這前途未卜的奢華，更加重了他內心的沉重。

「感謝您的搭乘，期待下次有機會再為您服務！」

通過頭等艙專用出口下機之後，于民大大方方地走在最前面出來。但親切的旅行到此為止，從于民站在紐約機場通關櫃檯前開始，就連連遭到羞辱。

「來美國的目的？」

于民深吸一口氣之後，對著握有自己生殺大權的入境審查官員，以結結巴巴的英語開始了一場演說，內容為自己乃是一名律師，接受被害人母親的委託來美國調查一起殺人案件云云。審查官愣了半天才漲紅了臉緊急按下內線電話，叫來辦公室專職要員之後，于民趕緊說明自己是何等重要的人物。

「我說了我是律師，是來調查殺人案件的律師。我不是嫌疑犯，我是律師！」

吃了快一個鐘頭的苦頭之後，才終於結束對他的身分調查，勉強在他的護照蓋上入境許可章。出關後的于民看到百分百的人都只回答一個單詞「觀光」，就輕易通過審查台，不禁苦笑。

提領完行李，通過稅關走了出來，原本走在他四周的韓國人早都不知去向，只剩下于民一人，暈頭轉向地四處張望。照著來過紐約的美珍交代，于民想搭乘開往市區的公車，但公車種類太多，等車的地方也不一樣，看起來不那麼容易搭乘。眼前就有一個計程車候車處，但在不知道車費會有多貴的情況下，于民沒有勇氣隨便上計程車，只能猶豫不決，不知該如何是好。

「您是崔于民律師吧？」

突然有兩名英俊的美國人走近身邊，笑著認出他來，讓于民嚇了一跳。

「啊，是的，沒錯！兩位是？」

「我們正在等候您，聽說您搭了頭等艙，還以為您會最先出來。」

「啊，我是搭了頭等艙沒錯，中間出了點事情。不過你們怎麼知道我會來？」

「我們只負責接待貴賓，其餘的不清楚，完全遵照公司指示而已。走吧，送您去酒店。」

「是哪家公司？」

「世界銀行。」

于民沒想到世界銀行會派人到機場來迎接，有點摸不著頭緒，卻又很高興。簡單的致意之後，于民掏出皮夾，想把自己在韓國時就預定好的曼哈頓廉價旅館資料給他們，但兩人卻搖搖手。

「公司已經訂好酒店了，帳單也由公司來付。」

看來從韓國先傳了律師委任書過來，果然很有用。于民看兩人如此的態度，料想接下來在公司裡的會面應該也會很順利，心情變得輕鬆起來。上了汽車之後，于民先問了自己想知道的事情。

「是公司裡的哪個人告訴你們我來的事情，還有我搭乘的航班？」

「只要有重要人物來訪，通常都會把消息傳到接待部門。」

「你們不知道是誰提出的要求嗎？」

「與其說是個人，不如說是部門所提出的要求。有貴賓要來，去機場接機、訂酒店等等，按照客人等級的不同，提供的服務類別、接待規格都不同。」

「那你們應該知道是哪個部門的要求吧！」

「知道，是世界貨幣改良本部。」

「世界貨幣改良本部？」

「是的！您今天先休息，我們接到的指令是明天上午九點再過來接您去世界貨幣改良本部。」

「世界貨幣改良本部是做什麼的？」

「我們不太清楚各部門的業務。」

「理查金就在那個部門工作嗎？」

「很抱歉，這點我們也不太清楚。」

可能接待職員們除了自己所得到的指令之外，其餘一概不知，或許知道也不回答。

汽車在一家酒店前停了下來，于民一看嚇了一跳。

華道夫（Waldorf Astoria）酒店。

來紐約之前看過一本旅行指南，封面上裝飾華麗的酒店就是這一家。

「啊，這家酒店沒錯嗎？」

「是的，沒錯！」

于民突然有點膽怯地問：

「這裡的帳都結清了嗎？」

「當然，所有的帳都由公司支付。」
「沒有需要我支付的費用吧？」
「完全沒有！從住宿費到飲料費和服務費，全都向公司請款。」
「世界銀行一向提供所有來賓住宿這家酒店嗎？」
「您別這樣說，世界銀行只提供極少數來賓免費住宿，而只有對這些極少數中的極少數，才提供這家酒店。」
「哈，那你的意思是說，我就屬於極少數中的極少數囉？標準是什麼？」
「以國際線航班來說，看搭什麼艙等過來。亞洲來訪的貴賓如果搭頭等艙的話，我們接待組就會把客人送到這家酒店。」
接待組職員面對于民超乎尋常的質問，也誠實作答，同時熟練地辦理完住宿登記手續之後，就帶領于民去客房。于民覺得自己難看的行李箱很寒酸，但接待職員只憑自己搭頭等艙而來的這一個事實，就對他下了定論。
于民在這間生平所住過最豪華的酒店房間裡，心情很微妙，覺得自己好像變成了身分重要的人物，甚至有種自己理所當然該得到如此對待的錯覺，然而這一切並非因為自己是律師。美國有數不盡的律師，這絕非多了不起的身分。

（原來是因為頭等艙！）

就因為這個理由，便派遣接待人員到機場接機，還提供最高級的酒店住宿，而且今後世界銀行對待自己的態度也大致不會脫離這個標準。于民將手機調整為隨時可和韓國通話的國際漫遊狀態之後，便打開筆記型電腦。這不得了的事件得找個人分享，于民想來想去，最後輸入了美珍的電郵地址。

洪律：

令人驚訝的是，我竟然免費住進了高級酒店。這是世界銀行的安排，只因為我搭乘頭等艙過來。這點決定了我在這裡的所有待遇，不只是舒適的旅程，更包括可以在最有利的條件下觀察整個事件。在此之前，不管在哪裡，我從不曾如此抬頭挺胸地做人，但是在世界中心的紐約，我竟然得到了最高的待遇，這給了我信心去面對一切挑戰。頭等艙，雖然只是在心理上，讓我成為一個充滿自信的一流律師。

再聯絡！

在華道夫酒店，崔

不知所云地寫完郵件之後，于民換上便服走出了酒店。比起免費提供的客房服務佳餚或高級餐廳，于民寧可到外面去吃漢堡、三明治。沿著第五大道，于民緩緩地漫步在曼哈頓街道上。

大概是因為下班時間，人潮洶湧，有的忙碌奔走，有的利用各種交通工具移動，所有人臉上都帶著自由自在的表情。在看似毫無秩序的人潮裡，卻又能感受到微妙的秩序波動。

紐約丁骨牛排十四盎司只要八美元

于民經過了好幾個寫著相似內容的立型看板之後，便挑了其中一家進去。看到一大塊剛煎好的牛排，配上好大一杯可樂，還不到十美元，于民看了嚇了一跳，不自覺地便將找回來的零錢全當成小費給了服務員，然後才挑了個位置坐下來。

牛排肉質鮮嫩，再度給了于民驚喜。就連在他周圍用餐，貌似貧窮的客人們，只要視線相接，也會給他一個微笑，讓于民整個用餐過程心情都很好。

吃完晚餐，于民拿出地圖，定了中央公園為目標，開始向前走。人們偶爾快撞上時，也會馬上停住腳步或閃到一邊，雖然在雜亂無比的人流中，于民還是走得很輕鬆。來到紐約不過才幾小時的時間，于民覺得自己已經愛上了這座巨大的城市。

6 陷入迷宮的事件

第二天早上，一到約定時間，就看到接待人員準時出現在酒店大廳等候，然後請于民上了一輛加長型豪華轎車後，直奔目的地而去。沒多久車子就在一棟大樓前停下來，從車上下來的于民眼中，映入了長久以來透過新聞媒體見過的幾個字。

ＩＢＲＤ。接待人員將于民帶到一位站在大門前等待的中年男子前面，于民馬上挺起胸膛伸出手，與那男人握手。

「我是麥克．凱根，世界銀行顧問律師團之一，旅途很勞累吧？」

「還好！」

凱根態度莊重地在前面帶路，一同搭上了電梯。

「理查金的事情真令人遺憾，他是非常優秀的員工。」

「你們平常很熟嗎？」

「我不認識他，只聽過這名字。」

雖然不知道有什麼內幕，但從凱根用了「聽過」這兩個字來看，讓人覺得他想撇開嫌疑。超高速電梯停下來的樓層上，有穿著制服的警衛等候在側，接過于民的身分證明，交給他訪客牌。再走了十步左右的距離，又接受了一次出入檢查，于民才終於進入寫著「世界貨幣改良本部」的辦公室。

「本部長正恭候大駕。」

凱根帶著于民走進會議室，裡面有一位西裝筆挺的五十歲出頭紳士，正等候著于民，一看到他就站起來並伸出手。

「我是狄倫。」

于民和他交換了名片之後，就在狄倫的帶領下坐下來。

「對於理查金遇害的事情，我們感到深深的遺憾。理查金確實是一位優秀的同事，也是一位領導者。而且……。」

于民突然舉手打斷他的發言，讓狄倫頗為訝異。

「不好意思，想拜託您一下！」

在狄倫和凱根銳眼注視下，于民做出更輕鬆的笑容說：

「可以請您說慢一點嗎？」

狄倫點點頭，臉上卻有點不悅的神情。從韓國搭頭等艙過來的最優秀律師，竟然要求說話速度放慢一點，他不知道該如何接受這種事情，但還是應聽眾要求放慢說話速度。

「而且他對祖國的感情，以及對母親的至誠，令人敬佩，我們從他身上也學到很多。」

看來狄倫本部長對理查金相當熟悉，接著狄倫也說了不少話來哀悼理查金的去世。仔細聽完他的話，于民拿出懷裡的鋼筆夾在食指和中指之間，讓人眼花撩亂地轉動著，開始提出疑問。

「他的死亡似乎不是因為意外事故，而是他殺，這點確定嗎？」

「是的。」

「您認為公司裡有沒有什麼事情導致他遇害？」

「完全沒有！他和所有人都相處融洽，從來沒有和任何人吵過架，也從未與人結怨。」

「有沒有什麼可推測的個人因素呢？」

「他的私事我知道的不多，但大體上我們確定他絕對不會和他人結下足以遭到殺害的怨恨或糾紛。」

「不是結怨？那他和妻子的關係如何？」

「您是說蘇珊嗎？她是一位非常能幹的女性，在紐約州立大學擔任數學系教授，平素和理查金的感情也很好，和這次事情沒有任何牽扯的理由。」

「有沒有可能兩人之間存在外人不知的某種問題？是否曾經因為像是揮霍金錢或有第三者存在等等原因而爭吵過。」

「理查金一心專注在研究上，根本沒有多餘的時間和女人見面。就算他有時間，也不是會做出那種事情的人。而蘇珊是位賢淑端莊的女人。」

「就算她是賢淑端莊的女人，也不代表可以排除嫌疑。說不定有一個一輩子夢寐以求的理想男人突然出現，或是因為社會地位或道德原因，裝出和丈夫之間和睦相處的假象，也有這種可能吧。」

狄倫和凱根面面相覷，一臉不知該如何反駁這個笨嘴拙舌的律師所說的三流連續劇似的主張。

「我們所認識的這兩個人，他們之間的關係很好，當然事實上也可能並非如此……。」

于民豎起手上一直轉個不停的鋼筆，拔開筆蓋。然後拿出記事本用韓文仔細寫下「感情糾紛」四個字後，又接著問：

「世界銀行員工的離婚率有多高？」

「具體百分比我不清楚，但似乎比其他公司稍微高一點。」

「您為何會這麼想？」

「主要還是因為研究量太大。」

「您是說，就平均而言，夫妻之間的關係不算太好的意思嗎？」

「啊？」

「我指離婚率。」

「就部門來說，這裡的研究量算是比較多的。」

「理查金的研究量呢？和其他的研究員比起來？」

「他大概是最多的吧。」

「那就無法斷定他和妻子之間的關係很好囉！」

「就因為研究量多的緣故嗎？我的天！那麼……。」

凱根發出呻吟，正想怒吼之際，狄倫點點頭，打斷了他的話。老資格的判斷認為，還是跟著敲邊鼓就好。

「聽您這麼一說，果然感到不能隨便斷定。」

「紐約警察局的報告裡寫著，這起案件明顯不是搶劫殺人之類的犯罪情事，而聽兩位說的話，結怨的可能性也很小，所以只好把重點放在感情糾紛上。如果有讓兩位感到不舒服的地方，還請見諒。」

狄倫嘴角含笑。

「這是作為平素深知蘇珊品性的我們可能忽略的細節，對我們很有幫助。所以崔律師您的想法是，感情糾紛的可能性最大？」

「不過這要說是感情糾紛，還是存在一些模糊的部分。如果是感情糾紛，一般會演變為買兇殺人，大部分為了避免嫌疑，會偽裝成搶劫殺人的樣子。」

于民一說完話，凱根馬上問：

「那您的意思是說？」

「目前判斷還有待保留。」

繞了一圈又回到原點，于民的結論讓兩人臉上多少顯出怒意。狄倫身體略為後靠說：

「不管怎樣，公司一直和警方保持密切聯繫，總裁也和警察局長見過面，特別交代要仔細地調查，所以警方目前正盡全力調查中。理查金是金墉[1]總裁帶過來的，原本在達特茅斯學院（Dartmouth College）擔任貨幣學課程的教授。」

于民這才想起世界銀行總裁是韓國人的事情，狄倫提到金墉總裁與理查金之間的關係，有再度強調警方正嚴正調查中的意味。

「那就好！」

這話說完之後，三個人之間半晌無話可說。狄倫提到總裁和警察局長，無異是向于民表示「這兒沒你的事！」之意。不知于民是否知曉狄倫的意圖，又用心轉起筆來，好一會兒才陰森森地問：

「那麼除了薪資和年金，還會支付慰問金給理查金的母親嗎？」

「那是當然，除了慰問金之外，還有以各種名目支付的款項。但所有款項必須等事

1 金墉，一九五九生於韓國首爾，後移民美國，為韓裔美籍醫學教授與公共衛生學者。二〇一二年三月歐巴馬總統提名他為世界銀行總裁候選人，四月正式擔任世界銀行總裁，成為首位亞裔世界銀行總裁。曾任常春藤達特茅斯學院校長，是常春藤學校的首位亞裔校長。

件出現某種程度的輪廓之後，才會支付。」

「也就是說世界銀行和我必須對死因達成協議的意思嗎？」

「不是這個意思，是說要等警方或檢方在某種程度上有了結論之後，才能決定該支付的款項名目。」

「看來我得見見負責調查的刑警。」

于民起身表示告一段落之意，狄倫和凱根雖然仍舊保持著深表遺憾的態度，但似乎也很高興這位從韓國來的律師不難打發的樣子。

「任何需要協助之處，請隨時告知。另外，酒店到您離開的時候為止，所有費用全都由我們來處理。」

「我想去警察局，能不能派一個人同行。」

狄倫的視線轉向凱根，凱根馬上點點頭。

「啊，好，我跟您去！」

電梯一到，狄倫便握手告別，直到最後一刻，狄倫依然一臉遺憾地送別于民。

紐約警察局殺人課的傑森警官，是一位四十多歲的資深刑警。比起年齡，他的抬頭紋深刻得多，在凱根介紹于民之後，便一臉歡迎表情。

「這事件只有兩種可能，儘管目前其他調查人員還摸不著頭緒。」

拿出從未裝過菸絲的菸斗，傑森低聲說：

「一種是剛好找不到皮夾，也就是搶劫殺人的可能性。」

「哦！」

「一個從未與人結怨，也沒有感情糾紛的人卻中槍而死，那就只有搶劫殺人的可能。」

于民將傑森的話記在筆記本中，看到于民認真的態度，傑森以更低沉的聲音繼續說：

「不經意殺了人，驚慌失措下，劫匪翻找理查金身上的皮夾時，沒找到放在口袋深處的皮夾，只好也拿走能換錢的手機。大腿處有一處小小的撕裂傷，應該是劫匪粗暴地在理查金身上翻找時所造成的。」

不愧是紐約警察，有著在連續劇裡看過的敏銳觸感，認真傾聽的于民佩服地連連點頭之際，也問了一句：

「他的皮夾在哪裡呢？」

傑森睜著疲倦的雙眼翻了一下文件之後，像是找到了那部分，回答說：

「在口袋裡。」

「口袋裡還有其他什麼東西？」

「皮夾。皮夾，嗯，除了皮夾以外……。」

「手機？」

「手機！」

「原來如此！」

大聲翻找文件的傑森突然笑了起來，瞪著于民看。

「這是有跡可循的，因為口袋裡其實是一個複雜又私密的空間。好吧，除了前面說的之外，你覺得另一種可能性是什麼？」

「這個人遇害前曾去過韓國。」

「韓國？」

「理查金從韓國回來以後，行動也和平時沒兩樣，可說完全沒有任何奇怪的地方，那麼問題就一定在他的那趟韓國行。何況他去韓國之前，曾經提領過一筆五萬美元（約五千七百萬韓元）的巨款。」

「嗯。」

「五萬美元他全都以現金提領，帶著那筆錢搭上飛機，而且還向公司請了三天假，這表示有什麼和平常不一樣的事情發生在他身上，懂嗎？鉅額現金和長途旅行，這些就是構成犯罪的典型要素。他在韓國把錢全花光了才回來，來來去去，扣掉在飛機上的時間，他實際在韓國只待了一天。這世上有什麼事情能讓一個人一天就花掉五萬美元的呢？」

「那錢都給了我！」

傑森的眼睛瞪得更大。

「你在說什麼？他死前就已經委任律師了嗎？難道他知道自己會死？」

「不是的！他是個孝子，那錢是用來支付母親療養院的費用，還給了母親一些零用錢，剩下的三萬美元（約三千萬韓元）付給了我，意思是要我時常去探望他的母親，代為妥善照顧。」

「等等！你說三萬美元！」

「是的。」

「你的意思是說，他要你代為照顧母親，就付了你三萬美元？沒錯，這就是奇怪的一點。死前付給律師三萬美元巨款，只要求律師去探望自己母親？」

傑森用充滿懷疑的眼光盯著于民看。

「所以簡單地說，你覺得理查金在韓國犯下什麼罪行，作為收了三萬美元共犯的我，才會搭乘頭等艙飛過來，只為了包庇他的罪行。」

「那也是有可能的。」

中氣十足說出這話的傑森，起身向周圍做了個手勢，似乎想叫人過來把于民帶去調查一番，但又突然想到什麼似地停了下來，擺了擺手。

「你說你搭頭等艙過來？」

頭等艙票價超過三萬美元的三分之一，如果是共犯的話，怎麼可能把錢全花在飛機票上。傑森大概想到了這點，又立刻坐回原位，沮喪地向于民道歉。

「對不起，我有點過分了！」

于民搖搖頭，表示自己不介意。但這反而使得傑森更頹喪的樣子，用著與此前不同的聲音，嘆著氣說：

「幸好你告訴我原委，才讓我們不至於搞錯方向。不過如果連在韓國的行蹤都沒有任何可疑之處的話，那就不妙了，因為犯人完全沒有留下任何痕跡。該死！紐約市區早就該在所有街道上都裝置監視器才對，市議會卻不願通過這筆預算，真是的！」

「也就是說，地點是在人跡罕至的街角，不見的東西只有手機，犯人連指紋之類的都沒有留下，對準頭部開槍。就這些？」

傑森所公開的，和于民在韓國所收到的正式文件上說詞沒兩樣。

「是的。」

「也沒有人聽到槍聲？」

「沒有！沒人看到，也沒人聽到。八釐米口徑的槍，聲音本來就小。你也知道，深夜的曼哈頓街道上幾乎看不到人跡，所以沒有目擊者也是有可能的。或許犯人還使用了消音器也說不定。」

「為什麼把手機帶走了？」

「這個嘛，最近流行把手機帶走，還需要有什麼特別的理由嗎？」

「通聯紀錄都確認過了嗎？」

「一個可疑人物都沒有。」

傑森在自己成立的兩種可能性都被否定掉之後，已經喪失了積極性。

「能翻找的我都翻過了，世界銀行總裁這位大人物直接拜託局長，所以我能做的也都做了。老經驗的刑警就有五個人進入調查小組，不要說手機通話的對象，就連擦身而過的人，我們也全都調查過了。但完全找不到任何可疑人物，或是可能引發犯行的動機。」

「所以呢？」

「捉不到啊！什麼證據都沒有，根本就是白費力氣。紐約市區裡，沒有任何理由隨機殺人的傢伙就有幾千人，加上被視為潛在犯罪者的無業遊民更達數萬。如果沒有因別的事件被逮的傢伙供認其他罪刑時暴露出來的話，大概得就此結案吧。」

「應該是吧……。」

于民隱去話尾，從位子上站了起來。原本還希望能找到什麼新的線索，這下可說完全失望。簡單地再說完幾句話之後，于民便和傑森握手道別，離開了警察局。

——你說蘇珊嗎？她不在。

走在蘇珊任職的紐約州立大學校園裡，想起傑森說過她去旅行的話。作為妻子，竟然在丈夫遇害之後，馬上去旅行，就于民的感覺上來說，是非常奇怪的事情，但傑森卻覺得這不算什麼，還反駁。

——她有非常具體的不在場證明，理查金被殺害的當天，她一整天都在康乃爾大學參加研討會，數十名參加者的證言全都一致。

——聯絡得上嗎？

——聯絡不上，她手機關機了。

走進蘇珊研究室所在的數學系大樓，于民一表明自己的身分，職員馬上帶他去找一位教授。書架上堆滿書籍的小小研究室裡，坐在書桌上不知在進行什麼作業的一位中年男子，看到于民進來隨即握手相迎。

「我是凱文教授，對理查金的事情感到很遺憾。」

「你們很熟嗎？」

「那當然，我們一學期會碰面一兩次。」

「他的妻子好像很難過的樣子，聽說離開紐約去別處透透氣，不知道有沒有告知校方要去哪裡？」

「她什麼話都沒說。」

「怎麼可能？您是說她什麼話也沒說就離開了嗎？」

「我不知道她有沒有離開，不過確實沒有告知校方。理查金死後她就沒再出現，我們都很擔心她，所以我和另一位教授到她家裡去探望，卻發現大門深鎖。」

「理查金的妻子會不會有什麼動機？」

「動機？」

「是的，我指殺人動機。」

「我們現在全都很擔心蘇珊。」

凱文教授一副「你在胡說八道什麼」的模樣，轉頭不再理睬于民。

塔夫特報告 2 ／安哲秀

二〇一一年九月，安哲秀踏入韓國政壇，在「青春演唱會」的行程中宣布將角逐首爾市長補選的意願。

原本安哲秀就不是長期以來對政治懷抱願景的人，他本業醫師，也是韓國最早開發電腦防毒軟體，並提供免費使用的人。同時還成立創投公司，十餘年來經營有成，屬於模範企業。如此獨特、成功的人生，也讓他成為知名人士，是年輕人最嚮往的心靈導師。然而，他卻放棄大好的企業，遠赴海外留學，歸國後便以教授身分開始和青年們交流。安哲秀和年輕世代之間的共鳴，透過「青春演唱會」更上一層樓，逐漸在陳舊腐朽的政治勢力中，成為一顆冉冉上升的新星。

把安哲秀領進政壇的人，就是尹汝雋[1]。他一眼就看出安哲秀會成為很好的「商

1 尹汝雋，一九三九年生，當選過一屆國會議員，曾為多名政壇知名人士策畫選舉活動，也擔任過總統祕書室官員，屬於謀士型人物。

品」，因此閃電般地將「天真的」安哲秀推上政壇，第一站就是首爾市長補選。尹汝雋所企劃的這次活動大大成功，安哲秀的人氣沖天，影響力也一鳴驚人。

照理而言，當時以安哲秀的潛力，要成為區區一個首爾市長一點問題都沒有，但安哲秀卻是世上唯一一個看不出這個事實的人，他還不知道自己是一個多麼了不起的人物，因此在承受不了世人對他的關愛、期待與希望下，他的意志開始動搖。對政治一無所知的他，也對自己理應享有的支持力量，感到惶恐。也就是說，自己的潛力該如何發揮，如何組織，他缺乏具體的想法和意志。在這種情況下，才會形成與朴元淳[2]面對面協商的局面。

長期以來一直推動公民活動的朴元淳，早就已經宣布要參選首爾市長補選。安哲秀突如其來的登場，讓局勢陷入混亂之中。出於本能，朴元淳知道自己沒法當選首爾市長，由此可知安哲秀的支持度多麼具有爆炸性。

過去在韓國社會占有相似地位的這兩個人，在沒有任何條件下展開對話，結果安哲秀宣布棄選。隨著安哲秀的讓步，朴元淳順利當選首爾市長，也等於欠了安哲秀一個大人情。

那麼，安哲秀宣布參選首爾市長補選，眼見勝利在望，為什麼卻又中途放棄呢？這真的是安哲秀個人的想法和決定嗎？結論是，不管是參選或退選，都不是安哲秀一個人決定的。

了解安哲秀將市長位置讓給朴元淳的原因和背景，十分重要，因為很明顯的，這兩人在今後的總統大選中，都有機會成為在野勢力的最佳候選人。

當時屬於政治素人，僅憑高人氣參選的安哲秀，對於首爾市長該做些什麼，確實沒什麼見識。只不過是因為當時能快速踏入政壇的唯一機會，就是首爾市長補選，所以他才表明出馬的意願。而且在民調中，他的支持率是朴元淳的三倍多，這也讓他深受鼓舞。

但是，這裡有一點值得我們注意的事情，安哲秀原本就是十分敏感、軟弱，一點小事都會讓他掛在心上。即使他已經得到大多數人的支持，也在民調史上占有優勢，卻常因為小事心生恐慌。當時他最害怕的，就是自己的形象會因為尹汝雋而逐漸受到污染。

尹汝雋在將安哲秀介紹給世人的時候，一點不像是一個老謀深算的謀士，反而犯下了一個太過強調自己功績的愚蠢錯誤。他一度是保守陣營的代表謀士，但久為世人所遺

2 朴元淳（一九五六年三月～），律師，擅長人權案件。二〇一一年以反建制，獨立候選人身分，在首爾市長補選中擊敗執政黨候選人羅清暖。二〇一四年成功連任首爾市長。

忘，這也令他十分焦躁。尹汝雋說起安哲秀時，就像在標榜自家調教出來的愛犬一樣，有時候提到安哲秀的政治哲學，又把自己說成是安哲秀的政治導師。偶爾也會以發言人自居，夸夸而談安哲秀參選市長的理由和計畫。

對當時腐朽政壇極度反感的民眾們，之所以會狂熱地支持安哲秀，主要是因為他的嶄新和正義。但是當一個轉戰各個政治地盤的舊時代謀士站到台前，人們便開始紛紛表露出失望。安哲秀天生就很愛惜自己的名譽，當他察覺人們所期望自己的嶄新形象受到尹汝雋的嚴重污染之後，馬上與他一刀兩斷。這是一個非常重要的線索，由此可判斷出安哲秀是怎樣的人。

也就是說，安哲秀和朴槿惠不同，十分缺乏上位者對自己人不離不棄的胸懷。他採取對尹汝雋的聯絡一概不回應的方式，與他畫清界線，這點也需要注意，可說他是一種避免在人前當面撕破臉的類型。但如果說政治的核心，就在於逐步解決困難的關係和問題上的話，以一個人氣高漲的政治偶像出發的安哲秀，自然不擅長這種事情，透過尹汝雋就能如實看出這點。

無論如何，與尹汝雋斷絕關係之後，安哲秀開始小心翼翼地規畫自己未來的政治前途。但從各方面分析來看，他似乎不是那種為達目的，不計代價的類型，也就是說，他時時刻刻都在意著他人對自己的看法。而一直生活得較為乾淨的他，對於自己的生活、身體，以及周圍環境，只要是骯髒的東西都深惡痛絕。總而言之，他就是一個有潔癖的人。

二○一一年首爾市長補選時，安哲秀如果正式出馬競選，並堅持到底的話，他現在就已經是首爾市長了。但安哲秀卻受到政治算計的打擊，認為在執政黨只有一位候選人的情況下，如果自己出馬，便會分散在野勢力的票源，最後反而造成執政黨候選人當選。

果然，一看到最初一飛沖天的民調結果稍微出現跌勢，他馬上開始感到焦急。如果當時他能對支持自己、希望自己走上政壇的民眾們簡短地說幾句話的話，一定能激起驚人的回響。但安哲秀卻是一個謀定而後動的人，也就是說，他精於算計。

安哲秀看到執政黨方面的民調結果之後，非常高興。因為所有民調結果都顯示安哲秀會贏。但親在野勢力的民調結果，卻顯示出朴元淳占優勢。如此的結果對安哲秀是一大衝擊，在周圍完全沒有經綸之才的情況下，他估計這種對自己不利的民調結果會一直持續下去。

他所想要的是一種偶像式的完美勝利，所有人各就各位，舉起自己的手歡呼的那種勝利，而不是政治人士即使面對不利局勢，也匍匐在地，僥倖獲勝的那種勝利。起初他覺得完美的勝利是絕對有可能的，但後來看到一家沒什麼影響力的網路電子報民調結果，報導朴元淳比他更具優勢的消息之後，他就開始動搖。

同時，他也開始擔心自己是否能勝任首爾市長一職。過去他雖然以創投企業執行長成功地經營一家公司，但那是在自己熟悉的技術領域中所獲致的成果。而對首爾市長這個完全陌生的位子上，他不確定自己能做到什麼。再加上這個時候又出現了對他不利的民調，於是他有了自己已經不虛此行，可以退讓的想法。

安哲秀以過去一段時間在全國巡迴舉辦「青春演唱會」時所掌握到的民眾渴望，以及驚人的支持率為基礎，想要在現實世界中實現自己的理想，也就是他對政治的構想。但政治圈卻沒有人認同他，或願意與他攜手。安哲秀領悟到不管他再怎麼受民眾的愛戴，比起政治人物來，還是顯得蒼白無力，因此他才會涉足政治，而這個嘗試也獲得空前的成功，他比任何政治人物得到了更多民眾的熱烈支持。安哲秀認為，能確定這點就夠了，因此他提早在原本計畫和朴元淳見面的日子之前，便主動先和朴元淳聯絡說：「我們明天就見面吧！」於是就在兩人見面的場合上，他向朴元淳表明自己將退出首爾市長補選的意思。

如果仔細觀察安哲秀這時的行為，就可以知道今後他在政治一途上會如何走下去。

二〇一二年總統大選的時候，他又在最後關頭將機會讓給了文在寅[3]。當然，在這讓步的背後，也包括了精密的算計和個人的情緒。然而政治上最需要的，就是在屈辱的時刻，能忍耐著堅持下去。有勇氣面對他人口中所吐出的責難和不屑，堅持到最後一刻的人，才能在權力上取得勝利，安哲秀明顯缺乏這方面的忍耐和毅力。

他在總統大選之後，又再度迎來了另一個機會。兩次的讓步雖然讓安哲秀被人看輕，但大多數的民眾還是願意相信，這是出於他的善良、無私，才會做出如此讓步的行為，因此他的支持率還是居高不下，足以撼動政界。因此，安哲秀內心有更深一層的煩惱，究竟該怎麼做，才能將自己已獲認證的高支持率，體現在政治上。最大的問題還是在於，自己身邊缺乏政治經驗豐富，能為他規劃未來的謀士，所以他只好再次和尹汝雋攜手。因為尹汝雋曾經為他描繪出一個輝煌世界，他無法擺脫對那種完美、井然有序世界的嚮往。

尹汝雋又為他描繪了一個更美好的世界。民眾們早就對政治不再保持任何期待，不

3 文在寅（一九五三年一月～），慶熙大學法學系畢業，為政治人物、律師，曾任共同民主黨代表、第十九屆國會議員。在二〇一二年總統大選以微弱差距敗給朴槿惠。

管是在各種爭議當中成功掌握政權的新國家黨也好，還是未能奪回政權，滿身瘡痍的民主黨也罷，很多人都已經對他們感到失望，也比過去更熱烈期盼有新的變化出現。尹汝雋比任何人都清楚這點，而且被安哲秀拋棄過一次之後，尹汝雋深怕安哲秀隨時又會變心，因此也考慮編織一張讓安哲秀動彈不得的大網，最後尹汝雋向安哲秀提出創建新政黨的建議。

當時安哲秀也陷入和尹汝雋同樣的煩惱中，自己會不會被世人所遺忘？媒體幾乎不再報導自己的消息，這讓安哲秀在某種程度上心裡備感焦慮。

尹汝雋畫了一個大餅給安哲秀，告訴他只要他創建新政黨，就可以合併多少勢力，有多麼美好的未來。安哲秀非常高興，對自己能成為如新國家黨或民主黨之類的大黨黨魁而雀躍不已。創建新政黨，果然是一個一舉兩得的方法，能平息之前一段時間裡許多人對他的指責，並同時找回自己逐漸被眾人遺忘的存在感。於是安哲秀按照尹汝雋的規畫，創建新的政黨，並想在二〇一四年六月的地方選舉中，在所有選區推出候選人。

然而這個出自尹汝雋老人的貪念和安哲秀的不成熟所做出的決定，結果卻慘之又慘。不管是在政壇上具有影響力的人，還是民眾支持率高的人，誰都不願意加入安哲秀的新政黨，成為地方選區候選人。而且在現有政黨中，受到民眾認同，有名望的政治人物們，也沒有一個表達出想加入新政黨的意願。

安哲秀感到驚慌，這位缺乏經驗的政壇新手心急萬分，地方選舉在即，卻連一個像樣的候選人都推不出來，這讓他非常焦躁。就在這時，民主黨黨魁金漢吉[4]戳中了他心理上的弱點，因此他馬上簽名蓋章，決定和民主黨合併。

整個過程中，安哲秀又再度將尹汝雋排擠在外。因為在面對賭上政治生命的重大決定時，安哲秀承受不起和尹汝雋徹夜拍桌，大聲咆哮，爭吵到最後，結果還得兩人攜手出面，一起參與政黨合併的過程。

這麼大的事情，這個軟弱又善良的政治人物，卻連和尹汝雋商量一下都沒有，就逕自拍板決定，也讓尹汝雋的世界整個幻滅。

安哲秀明明能有一個最佳的選擇，只要他拉攏朴慶哲[5]、曹國[6]之類的在野勢力、進

4 金漢吉（一九五三年九月~），作家出身的政治人物。父親為統一社會黨黨魁、社運人士金哲。曾任民主統合黨最高委員，現為民主黨代表。

5 朴慶哲，醫生出身的經濟評論兼投資專家。曾與安哲秀一同巡迴演出。

6 曹國（一九六五年四月~），法學專家，首爾大學法學研究所教授，著作甚豐，於二〇一五年指責朴槿惠總統在國務會議上的發言，有違公務選舉法之嫌。

步傾向的人士，以及如洪政旭[7]等執政黨的年輕一代，一群未來有著無限可能的新秀們一起創建一個小而精的政黨，宣布憑實力參加地方選舉的話，或許能和民主黨進行一場更有利的交易。

當時民主黨受到安哲秀的高人氣所壓制，正苦惱著會在地方選舉時遭遇慘敗。他們苦苦期待安哲秀能以隨便哪一種方式向他們伸出橄欖枝。也就是說，不管安哲秀提出什麼要求，只要他同意不站在民主黨的對立面，參與地方選舉，他們做好了接受一切的準備。

作為一個新政黨的黨魁，安哲秀可以在與民主黨討價還價的同時，要求將朴元淳過繼到自己所創建的新政黨中。也就是說，即使安哲秀要求在首爾市長選舉時，朴元淳必須作為新政黨候選人參選，而自己則會在全國地方選舉時，為民主黨候選人助選，民主黨也不敢不答應。朴元淳不管以在朝、在野、無黨派的身分出馬，也一定會當選首爾市長。如果安哲秀能以黨魁身分拉攏朴元淳出馬競選首爾市長的話，二〇一四年六月的地方選舉時，就不是執政黨，也不是在野黨的舞台，而成了安哲秀的舞台。朴元淳的當選無庸置疑，再加上安哲秀的高人氣，一定能得到更多的票數，那麼安哲秀也能成為地方選舉唯一的勝利者。

如此一來，作為完全不同於現有政黨的一個全新政黨的黨魁，安哲秀就能成為韓國政壇上足以和總統或在野黨黨魁同等地位，甚至凌駕其上的新希望、新偶像。這麼簡單的一條路他都沒想到，反而選擇了另一條艱險、看不到盡頭的路，安哲秀在下屆總統選舉成功的可能性已經無法保障，這是韓國各界一致的看法。而在不久前舉行的國會議員補選中，安哲秀與民主黨合併的政黨推出了最糟糕的候選人，嘗到了慘痛的失敗，從此以後，在安哲秀的身上已經看不到未來。然而，如果他能拋開已經明顯出現局限的政治人物形象，回歸憂國憂民的知識分子形象，來接近韓國民眾的話，仍舊會是一個深具潛力的人。因為不管怎樣，他的政治革新者圖像，依然存在。

只不過對我們而言，他也不是一位恰當的韓國總統。

---

7 洪政旭（一九七〇年三月～），韓國企業家、媒體人士，韓國先鋒報及其他數家企業集團會長。高中赴美，法學院畢業之後，於美國以投資金融家身分工作。二〇〇八年出馬競選國會議員當選，僅任一屆就宣布不再競選連任。

7 美元危機

到美國來辦事，一天不到就變得無所事事，于民坐在酒店房間裡開始煩惱。從世界銀行、警察，以及理查金的妻子三處都得不到任何線索，來了這麼一遭，才發現確實如美珍所言，自己毫無用武之地。花了超過一千萬的錢搭頭等艙過來，事實上卻連值一毛錢的事情都沒做到。

「要回去嗎？」

于民躺在浴缸裡閉上眼睛，泡在水裡想了超過三十分鐘，卻也沒想出個所以然來，只好起身出了浴室。坐在筆記型電腦前，按下電源。「想不出來就讓腦子休息一下，玩玩遊戲吧！」這個觀點一直支配著他的魯蛇人生。習慣性的，先確認一下電郵，意外地竟然看到一封美珍寄來的信。

人家說理查金早就察覺自己身處危險，如果他從三、四年前起就同時使用理查金和金哲洙兩個名字，這表示那時他就已經開始嘗試脫身。

電郵內容簡直不知所云，看完這封信之後，于民歪著頭一副不解的模樣。美珍所引用的「人家說」，一定是金律師說的。金律師不可能會和警方或世界銀行聯絡，那麼他要美珍傳來這些話，又該怎麼解釋呢？

「兩個名字……？」

于民把內容細細地看了好幾次。韓國名字和美國名字，私底下兩個名字混用的情況，常見於僑胞之間。于民想起自己學生時代，上英語補習班的時候取了英文名字，但總覺得叫起來很肉麻，就請外籍老師喊他的本名。

「這有什麼不對的嗎？」

用兩個名字就表示很危險什麼的，實在有點可笑。再聯想到金律師平時有點怪怪的行動，更覺得不可相信。將電郵內容從腦子裡甩出去，于民正想關掉網路視窗，突然停下手來。金律師再怎麼怪異，說的話總莫名有股沉甸甸的力量，不容人忽視，當初堅持要他搭頭等艙的時候就是如此。

「我是崔于民律師，請轉狄倫本部長。」

思索片刻，于民撥打世界銀行電話，拜託總機轉接狄倫，很快地狄倫的聲音便從電話線另一端傳過來。

「我是狄倫。」

「您聽過金哲洙這個名字嗎？」

「沒有，沒聽過！」

也對！這名字大概也沒多大意義，只是在親友或韓國僑民間使用的吧。正想適時掛斷電話的于民，抱著僥倖的想法，又問了一句。

「狄倫先生，那名字其實是理查金的韓國名字，您想公司裡會不會有人聽說過？」

「這我得問問，他的祕書或許知道，我問了之後再跟你聯絡。」

「好的，那就拜託您了！」

沒過多久狄倫就回電了。

「您怎麼知道那個名字的？聽祕書說曾經用那個名字訂過幾次機票和飯店。」

「原來如此，我知道了！」

回答的同時，于民的腦子也快速運轉。這個名字原來不是單純只用在僑民或親友之間？那麼是什麼事情讓他必須用假名訂酒店或機票呢？他是情報員？犯罪者？間諜？于民搖搖頭。理查金是個身分再確實不過的人，偶爾也有需要用到假名的時候。于民腦中似乎想到了一個什麼，那個詞一直抓不住。

「商業間諜！」

「什麼？」

「沒錯！他曾經做過商業間諜吧？」

于民突如其來的話，讓狄倫啞口無言，說不出話來。

「等等我，我馬上過去。」

于民管不了還在電話線另一端說不出話來的狄倫，逕自丟下話筒就衝出了酒店房間。

「你到底有什麼事情？」

狄倫看著汗流浹背跑來一臉興奮的于民，莫名其妙地問。

「你們有什麼事情瞞著我，對吧？」

「啊？」

于民眼中燃燒著熊熊烈火，瞪視著狄倫，感覺這種情況自己似乎常遇到。過去窮途潦倒的他，不管到餐廳、咖啡館都必然會受到怠慢。那些人總是用著故作親切的言詞，隨便安撫一下于民的不滿，因此于民深知如何揭穿假面具的方法。

「你不是說最近總裁在紐約辦公室嗎？我要見總裁。」

「什麼？」

狄倫雙眼大睜，于民卻絲毫不讓步地嚷起來。

「理查金用著兩個名字，其中一個還用得極端機密。像他這樣的人，會有什麼機密的事情要做？只有業務而已。金哲洙，這就是他在執行世界銀行祕密業務時所使用的名字。」

「什麼祕密業務？沒那回事！就算有，為什麼要理查金去執行？」

「反正我要見總裁！不然我馬上到警察局通報，這件殺人案和世界銀行之間存在決定性的關聯。你希望我們在法庭上見嗎？」

「你憑什麼這麼說？」

「如果要調查他使用假名所住過的酒店和飛機航班日期、地點等等，是否都在世界銀行所指示的出差行程中，警察局就會先行扣押和搜索。狄倫你敢負起這所有責任嗎？」

驚慌失措的狄倫呆愣地望著于民，他不知道于民現在信口開河說出來的話到底有沒有證據，合不合邏輯，但不管怎樣他這個搭乘頭等艙飛過來的一流律師，正提出世界銀行的某種嫌疑，事情明顯會變得越來越麻煩。默默地嘆口氣，狄倫拿起內線電話，不知打去哪。接著狄倫以更沉重嘆息的語氣說：

「總裁要見您！」

于民在狄倫的帶領下，走進總裁辦公室。金墉總裁給人十分溫和、穩重的印象。支著頭等待的他，和于民短暫握手之後，便以沉痛的語氣先開口說話。

「理查金原本好好地待在學校裡，是我不好，把他帶來這裡，才會發生這種事情。但當初我就任總裁之際，不得不把他帶過來的原因，在於他是全世界研究美元最頂尖的人才。即使在美元專家雲集的世界銀行裡，他也獨一無二的。然而我聽說，他的死牽扯到他的業務，難道情況出現了什麼變化嗎？」

「他從三、四年前開始，就使用兩個名字，似乎預見了會有危險發生。」

金墉總裁沉思片刻後問：

「你確定那危險和他的業務有關嗎？」

「理查個人有可能牽扯進某種犯罪或陰謀嗎？」

「不會，因為他大部分的時間都花在公司和研究上。」

回答之後總裁自己也點點頭似乎覺得很有道理。

「你的推測也不無道理，那麼崔律師希望世界銀行怎麼協助呢？」

「我想知道他在那段期間負責什麼事情，進行什麼樣的研究，他的研究對誰有什麼樣的影響，這樣才能查清楚他的死因。」

「理查的研究……，有可能是因為那個嗎？」

「您知道什麼嗎？」

「他的研究我是最了解的人，我把他帶進世界銀行，就是為了那個研究。他從在達特茅斯學院的時候開始，就專注在這項研究上。」

「什麼研究？」

「弱勢美元」。」

「弱勢美元，具體是什麼？」

「美元在全世界持續走弱，這也意味著美國走向低潮。他從很久以前開始，就一直研究造成弱勢美元的所有原因。」

于民整理了一下思緒，感覺語氣上聽起來有什麼危險的樣子，但卻想不出危險在哪裡。

「他的研究裡有什麼特別與其他人衝突的地方嗎？」

「這就說不清了！不管是政府的某個部門或某個機關，都可能認為如果他們的行為造成美元走弱的事情被公布出來的話，自己必然會有所損失。一般的企業也可能這麼想。話是這麼說，但也還不到直接造成研究員受到威脅，或陷入危機的程度。」

總裁的視線轉向像個木雕泥塑杵在那裡的狄倫身上。

「我也一直接觸到他的研究，沒有什麼稱得上機密的內容，也沒有特別指名的某個人或某個集團會有所損失。」

「狄倫，會不會有什麼是我們想不到的盲點？在我們看來，一點問題也沒有，但在對方立場來看，就成了一大打擊之類的。」

「……。」

1 弱勢美元（Weak Dollar）是指美元貶值，美元與世界其他主要貨幣之間的匯率不斷下滑。

「就這個角度更集中注意一下吧！理查的死可能與業務相關這點，我也有同感。」

「是！」

「崔律師，很高興與你談話，我還有外部的會議，現在得走了。很感謝崔律師你提出的問題，我們會集中注意，再把他的研究好好看一次。」

不愧是身居高位的人，含糊其詞地吹捧于民的同時，卻把足以成為問題的可能性都打消。但于民卻不會那麼輕易卻步。

「總裁，如果您能允許我也接觸他的研究，我會很感激的。」

對此，狄倫馬上搖搖頭，表示絕無可能。

「理查的研究牽涉到各類機密文件，不能對外公開。」

「只要我在法院提出事件和世界銀行之間的關聯性，到時反正也得公開。我在他的研究中所得到的情報，絕對不會向外界公開，只打算用來查明他的死因，請不用擔心。」

聽完這話，總裁略微思考之後，就指示狄倫說：

「狄倫，理查的事情就是我的事情，所以你要盡量協助崔律師了解資料。」

「……。」

「呵呵，總裁，我能順便再拜託您一件事情嗎？」

「什麼事？」

「我的經濟知識不足，對一些專業用語不太明瞭，可否派個人從旁協助，隨時為我解說……。」

「我明白了，狄倫，好好照顧他。」

狄倫默不作聲，似乎在表達抗議，頑強地想阻止總裁，但總裁堅定地搖搖頭，和于民短暫握手道別之後，就走出辦公室。

「理查分析了造成美元走弱的所有因素。」

狄倫為于民安排了一位和理查金同部門的研究員伊頓，他開始說明理查金一直以來的研究概況。

伊頓很照顧于民，等于民點頭表示明白之後，才繼續下一個說明。

「同品質的產品，如果在美國製造的話要一百美元，在日本製造的話要七十美元，在韓國製造的話要五十美元，在中國製造的話只要三十美元。所以美國大到一艘油輪、小到一根牙籤，全都不得不購買中國製品使用。一覺醒來，美國財政出現赤字，中國累積盈餘。」

「為什麼美國的製造成本這麼高？」

「當然是因為人工貴的關係，其他社會成本也不少。」

「什麼是社會成本？」

「在中國只要工廠蓋完就可以開工，但在美國為了照顧勞工權益，還必須支付各種費用。如果不支付這些費用的話，工廠就無法運作，因此自然而然成本就會提高。如此一來就造成收支一團糟，想要填補這些亂七八糟的收支，就只能繼續印美鈔，於是就形成了惡性循環，這就是美國的現實。」

「你是說，持續累積赤字之下，只好印美鈔來扶持經濟，結果就造成美元持續走弱，對吧？」

「對！」

伊頓花了很長的時間，向于民解說理查金的研究。于民全神貫注地跟隨他的解說，但別說想找出與事件相關的要素，就連理解都很吃力。于民最後只好舉手投降！

「伊頓，就你的想法，有沒有哪個集團認為自己因為理查所指出的弱勢美元分析，而直接受害呢？」

「嗯，這我倒沒想過。」

「你要不要試著想想看？」

伊頓想了想之後，搖搖頭。

「他的研究從某些方面來說，對所有人都不好；但從另外某些方面來想的話，又不怎樣。因為美元走弱不能歸咎是誰的責任，不是嗎？」

于民露出苦笑，點了點頭，求人終究不如求己。

「看看理查金的電腦吧！」

「好，不過那裡面也沒什麼可疑的東西。」

「我自己看了再說。」

「好吧，我幫你開。」

不管是理查金的研究，還是報告，甚至是電腦裡的資料，于民不可能看得懂，但他仍不放棄，仔細查看文章之間的銜接部分。因為他懷疑可能有人隱密地刪除或造假。于民仔細檢查理查金的電腦，直到入夜才疲倦地返回酒店。

8 無可懷疑的人物們

理查金的研究中找不到任何線索，于民躺在酒店房間裡的床上，把事件從頭再想了一次。以事件牽涉到世界銀行工作的這個角度，顛覆了事件發生的可能原委，但還是有件事讓他想不通。

上班時間一到，他馬上去警察局找傑森。

「調查沒什麼進展吧？」

傑森內心不自覺地警戒著這個一手推翻自己所成立的兩種寶貴假設的一流律師。

「可能得花點時間。」

「那支手機。」

「手機？」

「如果我和你剛通完話就遇害的話，最大的嫌疑人一定會是你吧？」

「你這說的什麼話？你該不會認為是犯人把手機拿走的吧？除了手機內部之外，基地台也留有全部通聯紀錄啊！」

「沒錯，還是傑森警官厲害！這就是線索。」

「線索？」

「聽我說！假設我在遇害前打了兩通電話，一通打給傑森警官，一通打給歐巴馬總統。」

「……？」

「然後在我被殺害之後，手機消失了。警察會懷疑傑森警官你呢？還是懷疑歐巴馬總統？」

「當然是懷疑我！」

「那如果一通打給傑森警官你，一通打給有殺人前科的人呢？」

「當然就懷疑有殺人前科的人。」

「答對了！」

于民笑著拍拍一頭霧水只顧著回答的傑森肩頭。

「理查遇害的街道上，沒有超市，沒有咖啡館，沒有酒吧，什麼都沒有。也不是他平時常走的路，也不是深夜該去的地方。如果不是事先約好，照理來說他不會去那裡。」

「所以呢？」

「所以犯人應該是和理查金通過電話的人之一。拿走手機的原因，應該是怕裡面留有簡訊或通話錄音。但如果是隨隨便便的犯人，就算拿走手機也沒用，因為一定會被當成是頭號嫌疑犯。」

「你到底想說什麼？」

「我是說，通聯紀錄裡不在場證明最明確的、身分地位最無可懷疑的、最不具備殺人動機的人，反而最有嫌疑。」

似是而非的推理，于民拿起放在傑森桌上的菸斗，歪著一邊的嘴角說完話。看著于民這模樣，傑森眼中滿是憧憬，可能在想：「歷史上偉大的偵探們全都擺出類似姿態，不是沒有道理的吧！」接著起身拿出保管中的通聯紀錄資料。

「可是真的沒什麼值得懷疑的人，連外圍第三層、第四層的人也都確認過了。」

傑森雖然這麼說，還是拿出筆來，在幾個人的名字下面畫線。

「這是最近三個月內的通聯紀錄，受害者撥接了無數電話，除了這幾位之外，其他人都是由調查人員面對面調查的。」

「是哪幾位？」
「就是如你所說的，無可懷疑的人物。有上院議長、ＭＤ團長、中國駐華盛頓大使館參事。你說這些人怎麼可能引起懷疑？」
「ＭＤ團長是什麼？」
「飛彈防禦系統團長，負責美國政府的飛彈防禦計畫，陸軍上將。」
于民雙眼發光，其實今天的天才推理，都是多虧自己先下定結論才開始行動的。他的想法是，倘若理查金確實是因自己的業務才遭殺害，那必定出於世界銀行這龐大勢力與另一個勢力之間的權力遊戲。這些老大哥[1]們的身分，就必須是高到令人無可懷疑的程度。那麼，那位飛彈防禦系統團長無疑正符合他想像中的陰謀論裡的人物。
「就是他！得從他開始調查，趕緊打電話啊！」
然而與朝氣蓬勃的于民不同，默不作聲聽著的傑森搖了搖頭。
「他絕不可能做這種事情。」
「我說，傑森警官，到目前為止我有哪個地方說錯了嗎？」

1 Big Brother，出自喬治．歐威爾的《一九八四》一書，指特權階級。

「反正我不打！」

「你為什麼不打？你已經沒有力氣抓犯人了嗎？」

「不是那個意思。」

「不然你是什麼意思？」

不管于民怎麼追問，傑森就是搖頭不幹，最後被逼急了，乾脆瞪起眼睛發脾氣。

「說不幹就不幹，有什麼好問的？你算什麼東西？你以為疑心幾個無可懷疑的人就算調查嗎？神經病！什麼上院議員、陸軍上將、使館參事是殺人嫌疑犯？看你搭頭等艙過來，我們才稍微對你好一點，沒想到你原來是個瘋子！」

「你剛才還高興地拍手叫好，那為什麼現在不敢打電話啊？害怕了嗎？那你還敢誇自己是二十年資深刑警？」

于民的高聲反駁，更刺激了傑森。

「什麼？從現在開始你不要再出現在這裡！你這種傢伙不要說對調查有任何一點幫助，簡直就是來搗亂的。你叫我們做的，都是些瘋狂行徑。你自己坦白說，你有多少把握？想調查這些大人物，最少也要有確實的根據或把握才行。我問你，你有嗎？全都是你自己的想像罷了！你算什麼東西，跑到人家國家裡指手畫腳的！你真的是律師嗎？身為律師只會用結結巴巴的英文呸拉呸拉個不停，這像話嗎？」

傑森一聲比一聲高地吼了幾句之後，突然起身掉頭走進別的房間裡。于民等了好一會兒也不見他出來，只好嘆口氣步出警局。

一走出警局，于民感到自己又再度碰壁。自以為想出了足以打臉任何電影的高明推理，事情卻不像電影情節一樣順利解決，反而適得其反。無處可去的于民，心裡把傑森埋怨了一頓之後，立刻又覺得理所當然似地點點頭。其實這也沒辦法怪傑森，區區一名警官確實沒辦法打電話給陸軍上將，問人家是不是殺人犯。信步而行的于民馬上招手搭上一輛計程車，口裡不自覺地吐出「世界銀行」這個名稱。

「什麼？你要找總裁？」

「出現了到目前為止最有力的嫌疑人，所以一定要告訴總裁，請他轉達給警察局長。」

「這話很難開口。」

臉上表露出十足厭煩神色的狄倫和凱根，異口同聲地搖搖頭。

「為什麼？你們不是說總裁曾經拜託過警察局長嗎？」

「這是另外一回事，事件調查是由調查小組負責進行，不會因為別人說什麼就做什麼。一個不小心，傑森就完蛋了！哪個人會把可能牽涉到自己一輩子的事情，聽由崔律師一句話、局長一句話就照著去做？那是他的領域，誰都不能強迫他。」

「那你的意思是說，就乾脆別調查了嗎？」

「我的意思是，警察自己知道該怎麼做，就算是總裁也莫可奈何。」

「反正我要和總裁說話，你只要幫忙聯絡就好。」

「我無法幫你聯絡。」

事到如今他們也露骨地從中作梗，但于民一點辦法都沒有。

「總裁說過要你們提供方便，你們忘了嗎？」

「不管怎樣，你不能因為那種事情去見總裁。」

在兩人的堅決反對下，于民就算火冒三丈也無可奈何，只好悻悻然離開世界銀行。現在真的無處可去了，于民滿心憤懟隨處亂走，看到候車亭就走過去坐了下來。不久一輛寫著「開往碼頭」的巴士駛來，于民便上了那輛車。

9 朗特里

「啊哈！」

望著大海，大口呼吸了一下，重新整理好腦中思緒，似乎有什麼呼之欲出，但最後還是沒出來。在這陌生的美國遼闊土地上，沒有相熟的人，也沒有自己可以依靠的地方，好不容易抓到的一點線索，卻高高在上，無可撼動。漫步在印著「四十一號碼頭」的棧橋，凝望大西洋的海浪，于民滿心鬱悶，一腳踢上路面上滾動的空鐵罐。

「鏘——」的一聲，空鐵罐呈拋物線飛起，竟然直接落入路邊垃圾桶中。一個走在碼頭對街上的美國人，看到這幕大聲叫好。

「這就是東方人的神祕！」

這種僥倖讓于民莫名地心情好了起來，開心地道了聲謝。什麼小運氣，他寧可不要這種沒什麼用的小運氣，只希望有更大的運氣到來，讓案件有所進展，那該有多好！迷失方向，四處亂走的于民腦子裡突然想到類似這種小運氣所帶來的大運氣。僅憑「頭等艙」這個單詞，就讓自己搖身一變成為多了不起的大律師，單單一個「用了兩個名字」的理由，他就讓世界銀行牽扯上殺人案件。還不知道這算不算幸運，他如果有這幸運的協助，或許真能做出什麼成果。他突然掏出手機，正想按下撥回韓國的按鍵之際，手機反而先抖動起來，來電顯示為美珍。

「洪律！妳怎麼打來，有什麼事嗎？」

「人家說，如果你需要幫忙的話，可以去巔峰（Acme）律師事務所找保羅．朗特里律師。」

「我的天！」

這也太不可思議了吧！先不管什麼幸運，如果不是有千里眼能窺探到自己的一言一行，不然怎麼可能出現這樣的事情，于民驚訝地說不出話來。

「怎麼了？」

「他怎麼像拿了把尺一樣，正確地測量出我的情況呢？」

「人家說你現在應該是最需要幫助的時候。」

「啊？」

「該說的都說完了，電話費很貴，我要掛了。」

打電話來說些不著邊際的話之後，美珍又用不著邊際的理由掛斷電話。于民管不了這麼多，先打四一一查號台，問清了巔峰律師事務所的電話號碼。

一打電話過去，信號音只響了一聲隨即有總機接聽，顯示這是一家相當有規模的律師事務所。

「巔峰律師事務所。」

「我是從韓國來的崔于民律師，煩請轉接保羅・朗特里律師。」

但聲音不親切到難以置信程度的總機給了一個荒唐的回答。

「一分鐘二千美元。」

「啊？妳在說什麼？」

「朗特里律師目前有空提供電話諮詢，價格是一分鐘二千美元，通話前得先以信用卡結帳。」

「不是的，我是想跟他見面。」

「朗特里律師不跟任何人見面。」

總機用著濃重鼻音的聲音快速說完，也不等對方回答便逕自掛斷電話。

于民無可奈何正想重撥，卻又放棄了。從總機那女人的氣勢來看，就算自己重撥過去，結果也好不到哪，還不如直接過去事務所算了。

巔峰律師事務所位於華爾街正中央，租金最貴、最新式的大樓裡，從七十樓開始總共占了五層。服務台裡也有接近十名的年輕美女忙著接待、過濾訪客。于民說要找朗特里律師，美女連來意都沒問就先搖頭。

「朗特里律師不見外人。」

于民好勝心發作，又要求了幾次，但她們的反應全都一樣，臉上顯出「你可以滾了！」的回答。于民最後只好放棄，正拖著無力的腳步要走出事務所的時候，卻突然原地站住。這次又是無功而返，或許是之前所累積的壓力一次爆發，讓于民忍不住高聲怒吼。

「我是不知道那個人有多忙、多了不起，但看他連電話諮詢都要收那麼高的費用，看來也只不過是一個財奴罷了，眼裡除了錢還有什麼？」

于民吼聲一起，櫃檯小姐便面無表情地按下按鈕，不到幾秒，幾名身材高大的漢子就出現了，圍住于民，指了指電梯。

「要我閉嘴滾蛋？好啊，我走！告訴保羅．朗特里那傢伙，他是天下最可笑的財奴！」

於是于民便被半推半拉地塞進了電梯裡，但一個不明就裡的女人飛奔過來，從保全中間擠出頭來，這是一位美貌遠勝櫃檯小姐們的女人。

「請問您是來自韓國的崔律師嗎？」

「是的！」

「我剛接到電話跑下來，朗特里律師要我帶您上樓，我是祕書琳達。」

一瞬間保全消失，琳達滿面笑容看著于民，嘴裡道歉。

「真抱歉，朗特里律師原本就比較特殊，常會引起誤會。」

「不過妳怎麼會來找我呢？」

「金允厚律師打了電話過來。」

琳達上了電梯，按下七十六樓的按鈕。

「朗特里律師和一般人完全不接觸，不管誰來找都不見面。」

「他不是收昂貴的費用提供電話諮詢嗎？」

「一般人他是不會提供諮詢的，只提供給律師。」

「什麼意思？一般人就算付費，他也不提供諮詢，只有對律師，才收錢提供諮詢服務的意思嗎？」

「對。」

「而且是一分鐘二千美元？」

「是的。」

「有律師來諮詢嗎？」

「那當然，從美國各地蜂擁而來，而且還得排隊等候很長的時間。」

「咕嚕！」

于民吞了下口水，他已經忘了自己稍早前還罵過朗特里的事情，只想著這世上竟然還有這種怪物般的律師，但這種大人物接了金允厚律師的電話，就派祕書來找自己，這也讓于民隱隱升起一股驕傲。

「金律師和朗特里……。」

于民正想問的時候，電梯門打開，琳達閉起嘴將于民帶進一個很大的房間。三面以整片的玻璃相連，視野遼闊，天際彷彿就在眼前。房間正中的辦公桌後面坐著一位五十開外的男人正注視著于民。被此光景震撼的于民，不自覺地雙手恭敬合十。

「歡迎，崔律師！」

沒想到朗特里竟然起身親切地向于民伸出手。

「很高興見到您！」

「我聽金允厚律師提到你的事情，歡迎你來。」

「啊，我話都說不出來了！您原本就高高在上，沒想到竟然是一位如此親切的人。」

「哈哈，有什麼需要我幫忙的嗎？」

于民仔細說明至今為止所發生的事情。朗特里隨著推理過程，偶爾也會點頭表示同意，一直說到負責調查的刑警死也不肯打電話給那些知名人士的地方時，才緩緩笑了起來。

「你帶他過來找我。」

「那個人膽子小，又是個老頑固，我想他大概不會來吧！」

「那就得看崔律師你的本事囉，看你有沒有辦法把他帶過來。」

才剛認識的朗特里，是個令人感到自在的人，于民心裡鬆了一口氣，這才把心中的疑問說出來。

「不過，把那些有權有勢的人物放到嫌疑人名單去也可以嗎？」

「你的推理很有科學性，也很合理。那你就該相信自己才對！」
「但那只是我個人的推理而已……。」
「不管怎樣，你先把那位刑警帶來吧。」
「哼哼，你為了讓我相信他們是殺人犯，要我一起去律師事務所？」
傑森嘴角流露出嘲諷的笑容。
「去一下也不會損失什麼，不是嗎？」
「為什麼沒有損失？我會損失時間，還會讓紐約警察的威信盪到谷底。不管怎麼看，都是一件吃虧的事情！剛才聽凱根說，你還跑到世界銀行大聲嚷嚷要見總裁？沒人要聽你的話，你就跑過來煩我嗎？你是不是對我抱有什麼惡意啊？」
「有啊！」
「什麼？惡意？」
「不是，是有人願意聽我的話，一些不在乎嫌疑人的身分或自我安全，優先考量正義的人。至少在紐約這個地方，就有一位朗特里律師，雖然這個人可能你連聽都沒聽過。」

一瞬間原本還在跳腳的傑森，奇蹟似地住了口，神情迷惑地問：

「你說誰？朗特里？是保羅．朗特里律師嗎？」

「沒錯，保羅．朗特里！」

「你要我一起去的地方，就是保羅．朗特里律師的事務所？」

「怎樣，不行嗎？」

「所以你是說，你和朗特里律師有聯繫？」

「就是啊！」

令人驚訝的是，朗特里這個名字馬上征服了傑森。

「哎呀，沒想到您竟然會認識朗特里律師！」

這下傑森連稱呼都變了。看了于民遞過來的名片，傑森連忙跟著走。進了巔峰律師事務所，等待朗特里的時候，傑森向于民伸出手來。

「崔律師，我很抱歉，對於我之前所犯的一切錯誤，請您多諒解！」

「別擔心，我一向很諒解你！」

朗特里一出現就向傑森伸出手來，傑森立正站好，以世上最恭敬的動作雙手包覆住他的手。

「我是傑森警官，早就希望和您見面，我對您仰慕已久。」

即使朗特里請他在鬆軟的沙發坐下，傑森也堅持拿過硬邦邦的椅子，一坐下來就把之前所有的調查結果，一五一十地做了一個簡報。但朗特里不等傑森說完，就揮揮手打斷他。

「每個案件當中都具有自然事和非自然事。」

他彷彿哲學家一般，以模糊話語作了開場白。

「自然事越多，表示案件越難，非自然事越多，案件反而容易。例如患有心臟病的老人因為心臟麻痺死亡，這種案件就算是他殺，也永遠不會有人知道。」

「確實如此！」

「就此意義來看，崔律師的推理非常恰當。理查金通聯紀錄裡出現的三位知名人士，這是非常特別的痕跡，從一開始就應該集中在這裡調查，那麼或許能輕易地掌握住下一條線索。」

「什麼？我完全無法理解。」

朗特里沒有回答傑森的疑問，仍舊繼續說下去。

「這三個人裡，應該有早已認識且一直有往來的人，也有比較後來才認識的人。」

「沒錯！」

「那麼最近才新認識的人，也就是以往通聯紀錄裡從沒出現過的人是誰？」

「史考利陸軍上將。」

「他的職務呢？」

「MD，他負責飛彈防禦系統。」

「這也太特別了！那麼他就是最有嫌疑的人。」

朗特里過於自信的斷定，不只是傑森，連于民都被嚇了一跳。

「朗特里律師，您如何能如此斷定呢？」

「錯不了！」

朗特里對傑森做出斷然的表情。

「朗特里律師，如果我沒有成為刑警，我本來打算當一名軍人。您了解我的意思嗎？意思就是我有多尊敬、多愛惜軍方。」

「傑森警官的愛好，和他是不是最有嫌疑的人無關。」

「如果陸軍上將有嫌疑，那不就表示理查金可能想從軍方挖出什麼敏感的軍事情報，卻不幸遇害，對嗎？」

一看傑森反問的樣子，于民不禁苦笑，如果那種主張是出自自己，傑森大概早就給他一拳了。粗暴無比的傑森，在穩重的朗特里面前一動也不敢動的樣子，實在很搞笑。

「不，正好相反！」

「飛彈防禦系統團長已經將保密意識刻在骨子裡，他的周圍到處都是說客或記者等等想從他口中挖出情報的人。所以他不會為了那種事情犯錯或殺人。」

「那麼……？」

「正好相反！應該說理查金知道了什麼致命性的內幕，讓這人感到恐懼。」

隨後朗特里按下內線電話。

「來我辦公室一下。」

馬上就有一名年輕人走進來。朗特里從傑森手中接過史考利的電話號碼，交給年輕人。

「用些大機構名稱，試著和這人通話。我看用國際貨幣基金研究委員的名義最恰當。」

年輕人以各種方式，執拗地嘗試電話連線，卻始終沒法和史考利直接通話。

「可以了，你出去吧！」

朗特里聳聳肩，意思是：「這下懂了吧！」但傑森還是眨著眼睛，一副不太明白的樣子。

「唉，你這個憨直的刑警啊！正如你剛才所看到的，這個人是連世界銀行研究委員打電話過去，也無法接上線的人物，但被害者和這個人通過電話。應該是被害者一開始先傳簡訊過去，告知對方自己是夠資格聯絡的人之後，才由這個人主動聯絡的。」

傑森將通聯紀錄放在桌上，按照朗特里所指出的時間點一看，忍不住驚訝地張大了嘴。

「啊，真的是這樣！」

「這個人是一個不管誰打電話來都不接的人，只有總統在內的幾個人除外。但這個人卻反過來打電話給被害者，你明白這是什麼意思吧？好，現在你該做的事很明確了，就是去調查他！當然也不能漏掉上院議員和參事官。」

于民雙眼一亮，這才感覺到朗特里這個人有多厲害。雖然知道自己腦子好不到哪裡去，但還是沒想到人類的頭腦在性能上竟然會有如此大的差別，讓于民既佩服又自卑。

代替驚訝地合不攏嘴的傑森，于民問：

「那封簡訊的內容會是什麼呢？區區一個世界銀行的研究委員，到底傳了什麼訊息會讓陸軍上將反過來找他呢？」

「那就得看被害者做過的事情。」

「我和世界銀行的研究員一起拼死拚活地找了老半天，也沒發現什麼特別的地方。」

「這表示那是更重要的情報，甚至沒有在任何地方留下紀錄。」

于民對朗特里能揪出自己和傑森沒想到的事實，從而指出特定嫌疑人的能力，感到驚訝的同時，也想起了人在韓國的金允厚律師。一個如此卓越超群的人，電話諮詢一分鐘要收二千美元的人，金律師一通電話就讓他動了起來，想到這裡于民突兀地問：

「朗特里律師，可以請問您怎麼認識韓國的金允厚律師嗎？」

一直如行雲流水般有問必答的朗特里，聽到這個問題竟然停頓了一下。

「金律師沒告訴你嗎？」

「沒有！」

遲疑良久，朗特里才以稍帶感性的口吻回答：

「他和我在紐約這裡一起工作過，作為一名法律專家，他有著別人望塵莫及的敏銳感，我們被委任的案子，全部都打贏。因此大企業、金融機構、上院議員，甚至連檢察總長都提著案子來找我們。」

這于民從未聽說過的事情，讓他難掩驚訝。他雖然想過金律師可能是個有什麼故事的人，卻沒想到他竟然是如此優秀的律師。

「兩位在同一家律師事務所工作嗎？」

「一開始是在同一家律師事務所認識的，後來兩人馬上獨立出來，聯手成立了一家律師事務所，掌握住更多的機會。但是有一天他接下了一份我們不應該接的案子，也因此造成了我和金律師之間的分歧。」

「那是什麼案件？」

「你還是直接問金律師吧！」

話說到一半賣關子的朗特里，向于民和傑森伸出手，表達鼓勵之意後，馬上轉過椅子，背對著他們。于民對著他的背影鞠躬，便帶著依依不捨的傑森離開這間辦公室。

塔夫特報告3／文在寅

根據我們所蒐集到的情報顯示，文在寅在二〇一一年六月與一位訪客隔几相談。這位訪客說明來意是為了提供明年年底總統大選能百分之百當選的腳本之後，就向文在寅舉出一個在當時政壇上還沒什麼名氣的人名。

「這個人如果能進入政壇，會受到年輕族群的狂熱支持，掀起一股旋風。明年國會議員選舉時，您雖然宣布要在釜山這個地區出馬競選，但您真正的目標應該不是國會議員吧。不管怎樣，您最終的目標還是總統大選吧？如果您照著我的腳本去做，下屆總統大選您一定會贏。」

文在寅十分專注地傾聽訪客說話。

「您如果想堂而皇之地出馬競選總統，明年國會議員選舉時，在釜山一地就必須至少讓五個人當選。可是從現在的情況來看，釜山這裡只有您一個人有機會當選。民主黨在釜山推出的國會議員候選人，頂多就是些親盧武鉉[1]派的垃圾，或是民主黨裡的無名小咖、黨僚之類的。當然，大國家黨[2]的支持率也大不如前，不過釜山人再怎麼討厭大國家黨，也不會讓民主黨的候選人當選。連大人物出來也得不到好處的這個時候，無名小卒就更不用說了。不過，還是有一個辦法的。」

一臉扭曲的文在寅，突然臉色轉晴。

「只要把剛才我說的那個人拉到釜山來就行。對了，安哲秀院長[3]的故鄉就是釜山呢！您可以拉攏安哲秀院長，為國會議員選舉在釜山這裡成立一個釜山地區的政黨，再以該政黨名義參加明年的選舉。雖然安院長算是政治素人，政壇裡也不知道安哲秀這個人的存在，但您如果讓他在政壇出道的話，一定可以在年輕族群以及對目前政治深惡痛絕的多數民眾之間，掀起一波巨浪。南下釜山協助競選活動的志工人數，也會達到數萬人。如果把他包裝成政壇新星在釜山參選的話，不要說四、五席，甚至還可能拿下更多

1 盧武鉉，律師出身，曾和文在寅共同經營一家律師事務所，後當選韓國第十六任總統，後因親信收受政治獻金遭到國會彈劾，後來雖被憲法法院駁回，但已元氣大傷。卸任後遭到離職審查，於二〇〇九年五月李明博政府對其受賄調查期間跳崖自殺。

2 為目前執政的「新國家黨」的舊稱。

3 安哲秀當時為首爾大學融合科學大學院院長，故一般以安院長稱呼。

的席次。文律師您和安哲秀院長，還有追隨安院長的鄉下醫師朴慶哲、首爾大學教授曹國，以及釜山這地區的年輕企業家和名人們，全都拉攏過來的話，競選時就能拉抬巨大的聲勢。不僅如此，如果能和旁邊慶尚南道的金斗官[4]知事（省長）合作的話，甚至可以壓倒大國家黨。」

瞄了一眼只是認真傾聽，並無任何反應的文在寅，訪客接著又說：

「總統大選可視為是國會議員選舉的延長，在國會議員選舉中把票投給了文在寅、安哲秀的釜山市民，明年年底大選時還是會投給同樣的人。明年大選時，大國家黨大概會推出朴槿惠參選，如果您能先掌握好釜山、慶尚南道一帶的話，朴槿惠就使不上力氣。光有大邱和慶尚北道能做些什麼？所以這次國會議員選舉很重要。不過靠您一個人，恐怕只有您自己能當選，因此從現在開始就要徐徐布局。而且在總統大選前，您還得和民主黨那邊的候選人角逐一番，可能會是孫鶴圭[5]出線。不管是孫鶴圭，還是其他什麼人，只要在釜山一帶取得勝利，您出馬競選一定勝券在握。」

說得慷慨激昂的訪客，突然壓低了聲音。

「不過對您來說，有道難關。如果在國會議員選舉時拉攏安哲秀的話，總統大選前您就得和安哲秀競爭。也就是說，文在寅和安哲秀得先在這裡拚一拚，贏的人再和民主

INK PUBLISHING

讀者服務卡

您買的書是：________________________________

生日：　　年　　月　　日

學歷：☐國中　☐高中　☐大專　☐研究所（含以上）

職業：☐學生　☐軍警公教　☐服務業

☐工　☐商　☐大衆傳播

☐SOHO族　☐學生　☐其他 ____________

購書方式：☐門市 _____ 書店 ☐網路書店 ☐親友贈送 ☐其他 _____

購書原因：☐題材吸引　☐價格實在　☐力挺作者　☐設計新穎

☐就愛印刻　☐其他 ________________（可複選）

購買日期：_______年_______月_______日

你從哪裡得知本書：☐書店　☐報紙　☐雜誌　☐網路　☐親友介紹

☐DM傳單　☐廣播　☐電視　☐其他

你對本書的評價：（請填代號　1.非常滿意　2.滿意　3.普通　4.不滿意）

書名_____ 內容_____封面設計_____版面設計_____

讀完本書後您覺得：

1.☐非常喜歡　2.☐喜歡　3.☐普通　4.☐不喜歡　5.☐非常不喜歡

您對於本書建議：

感謝您的惠顧，為了提供更好的服務，請填妥各欄資料，將讀者服務卡直接寄回或
傳真本社，我們將隨時提供最新的出版、活動等相關訊息。

讀者服務專線：（02）2228-1626　讀者傳真專線：（02）2228-1598

黨所推舉的人選做最後的角逐，然後才是和朴槿惠正式交鋒。如果您能先掌握住釜山地區，不管是和民主黨的候選人角逐，還是和朴槿惠在正式大選中競選，都不會有什麼問題。最大的問題，反而是誰能在釜山地區上位？這也就是文律師您最大的難關。但我無法保證您一定能在與安哲秀的競爭中獲勝，不，說不定會對安哲秀更有利。不過您不是也說過嗎？只要能完成世代交替，您什麼都可以接受。所以，您就打電話給安哲秀院長吧！見過面之後，帶他在政壇亮相，利用他的支持度和潛力，在釜山地區國會議員選舉拿下勝利。」

聽完這番話之後，文在寅的臉上顯出相當興奮的樣子，還走出辦公室親自將訪客送到電梯前，才點頭道別。

「感謝您的高見，我會慎重考慮。」

4 金斗官（一九五九年四月～），曾三度出馬競選國會議員，在二〇一六年第四度出馬競選才選上。二〇一〇曾擔任過民選第三十四屆慶尚南道知事。

5 孫鶴圭（一九四七年十一月），四度當選國會議員。二〇一四年尋求連任失利後，宣布退出政壇，二〇一七年加入在野新政黨。

我們對當時的情況和之後的過程進行縝密分析之後所得到的結果發現，該名訪客的策略非常高超！成為政治人物之後的安哲秀，他的支持率在不到幾個月的時間就得到證明。當初他表示有意角逐首爾市長補選的意願時，韓國國民的反應就已經可說沸騰到極點。擁有如此高人氣的安哲秀，如果回到故鄉競選國會議員，拉攏文在寅和其他新的政治人物一起參選的話，那熱度難以想像。然後安哲秀和文在寅再公平競爭，贏的人再與民主黨候選人競選，然後再參與正式總統大選……。這整個過程就如訪客所說的，是一部百分之百能在大選獲勝的腳本。

但是文在寅卻沒有接受這個策略，他沒有打電話給安哲秀。為什麼？分析有兩種可能。

第一、文在寅不大認同安哲秀的潛力，因為當時的文在寅還看不出安哲秀這個人才的價值。取而代之的是，他把希望放在在野勢力的結合上。他認為只要自己能在民主黨內初選中脫穎而出，就能聯合所有在野勢力，與朴槿惠一較高下。從這觀點來看，文在寅在發展和開拓新的未來上，態度十分消極。

第二、他充分認識到安哲秀的潛力，卻不甘心自己必須和安哲秀競爭。面對安哲秀的高人氣，他沒有把握在和安哲秀的競爭中出線，有可能因此才不打電話給安哲秀。由此可見，他說只要能完成政權交替，做什麼都無所謂的言論，其實只是口頭上說說罷了！他的政治野心，比起外表上所表現出來的還要大得多。

那麼文在寅究竟是什麼樣的人呢？從總統大選電視辯論會上所見到的文在寅，給人十分無趣的感覺。不管朴槿惠和李正姬[6]發表的政見內容如何，兩人都表現出獨特的個人色彩與風格。但比起李正姬犀利的言詞，以及與之相對的朴槿惠十足博取同情的穩重，文在寅完全看不出任何特色。他只會一再拿出數據，像個官僚一樣忙著說明政策。夾在兩個女人之間的他，讓民眾感受不到任何熱情和魅力。

文在寅如果想成為在野勢力下屆總統大選的候選人，他唯一的路就是合縱連橫。不管個人好惡，他都必須和安哲秀等人聯手，以阻止朴元淳成為總統候選人。然後才能透過競選，脫穎而出。但是天性善良、一本正經的他，要他說出足以排擠掉朴元淳的大道理，可能有點吃力。

對我們來說，他算是最差的夥伴。

6 李正姬，韓國在野黨「統合進步黨」黨魁，曾於二〇一二年出馬競選總統，之後又自行退選。

10 傑森的信心

回到警局之後，傑森馬上跑去說服副局長。

「被害者只是區區一個研究委員，竟然能和國防部的飛彈防禦系統團長通話那麼長的時間，這表示他手上持有非常敏感的情報，這也成了被害動機，這是專家們的意見。」

副局長一臉不以為然的表情瞪著傑森，但並沒有阻止他，只是默默地聽他說。因為他長期以來從事調查工作，對於世間真實遭到顛覆的事情早已見怪不怪，也算得上是老狐狸。

「不管怎樣，我一定要知道這個人和理查金究竟說了些什麼。」

「陸軍上將會接刑警指他是殺人案嫌疑人的電話嗎？你覺得他會善罷甘休？無論通過什麼管道，他一定會向局長抗議，所以你得解釋為什麼會去找他麻煩才行。」

副局長雖然語氣平和，但從他所使用的「找麻煩」這樣的詞彙，明顯在阻止傑森。

「我當然可以解釋，這世上最能幹的律師強烈指名他就是嫌犯。」

「誰啊？哪個人？」

「保羅・朗特里律師。」

「啊！」

聽到朗特里的名字，副局長表情都變了。傑森捕捉到他的變化，便以更強烈的語氣來說服他。

「我一定要打，我有把握！」

「你負得起責任？」

傑森頓了一下，馬上點點頭。

「負得起！要不然我乾脆直接傳簡訊給他好了，告訴他我明天上午十一點會打電話過去，如果他拒接的話，就要傳喚他到紐約警察局殺人課。」

傑森一臉自信地勇敢出頭，副局長默不作聲地打量突然改變的傑森。傑森一回到自己的辦公桌，便拿出手機勇敢地輸入訊息，傳送出去之後，就一臉驕傲地向部下宣布。

「麥克・史考利，聯合參謀本部飛彈防禦系統團長，我告訴他如果明天上午十一點不接電話，就發出傳票，請他過來說明和理查金遇害案件的關聯。」

部下們都憂心忡忡地看著傑森，但傑森腦子裡想著朗特里的名字，臉上浮出薄薄的笑容。

第二天上午十點，傑森做了個深呼吸，鼓起勇氣來。生平第一次直接打電話給上院議員，雖然不是件多情願的事情，但現在他的情緒比任何時候都還高漲。信號音響起，傑森再次清了清喉嚨，打開擴音器。

「我是議員。」

「我，我是紐約警察局傑森警官。」

「有什麼事？」

「因為世界銀行研究委員理查金遇害事件……。」

「你說什麼？他死了？」

「是的！」

「遇害？誰殺了他？」

「目前還在調查中。因為他最近和議員您通過電話，為了確認才致電閣下的。」

「我現在在摩洛哥，他什麼時候死的？」

「一個禮拜前。」

「那時我在開羅和他通過電話，通話內容都有錄音，我再傳過去給你。」

上院議員作夢都沒想到自己會遭到懷疑，因此表現得非常合作。

傑森打開傳到手機上的檔案。

—理查，你說的沒錯。非洲這裡的人都快死了。

—情況只會越來越嚴重。

—他媽的！美元走弱，應該是美國人要吃苦頭，怎麼反而是全世界的窮人該死呢？

—所以應該停止再印美鈔了。

—歐巴馬那狗娘養的，一副有紙就印的氣勢。

—美元通膨太嚴重了。

—不管是糧食也好，資源也好，全都用美元計價，如果再這麼繼續印下去，物價哪有不上漲的道理？全世界物價在過去三年間已經上漲了兩倍。

—可惜我們一點辦法都沒有。

—如果美元走弱的情況沒有改善，各國政府都會被推翻。

——窮人們會以為是自己國家的政府無能，要丟石子也搞錯了對象。

于民這才似乎搞懂了理查金究竟在研究什麼，所謂弱勢美元的研究，比想像中範圍更大，沒有哪個領域不受影響。他們的通話內容是關於近來在世界各地發生政府崩潰的原因，也就是弱勢美元及隨之所造成的物價上漲。一般都以對民主化的渴求作為理由，其實只是一種包裝罷了。

「怎樣，有什麼可疑的地方嗎？」

傑森的疑問讓于民的注意力又回到事件上來，之前還在苦思的他，搖了搖頭。這段對話不只和殺人無關，上院議員在事件發生當天開始，一直到目前為止人都在非洲。從對話內容來看，于民覺得上院議員和事件一點關聯也沒有。

「這個人的嫌疑可以排除。」

上院議員在電話裡的積極合作，讓傑森士氣高昂。

「接下來就打給中國大使館參事好了！」

于民也覺得這樣比較好，就點了點頭。

「彭謙參事就由崔律師來審訊吧，如何？不管怎樣，等會兒要審訊史考利上將，我得先做點準備！」

傑森彷彿想把這當成一種禮物來收買人心，其實他早就把朗特里的建議聽了進去，把所有嫌疑都集中在史考利身上，所以也不怎麼在意大使館參事。

「我嗎？以理查金的律師身分，對方可能不會理睬我吧，而且我的英文也還不夠熟練。」

「這你不用擔心，身分證件給我。還有你的英文比我們都好，上次我生氣亂說話，請你原諒。你有時用的高級詞彙連我們都沒學過，所以崔律師你的英文的確比我們好。說話慢點算什麼問題，原本幹練的調查人員說話就很慢。」

傑森拿走于民的身分證件出去，過沒多久就幫他做了一張偵查助理的證件。

「警局裡專家偽裝成偵查助理的情況很多，所以現在崔律師也可以以偵查助理的身分來審問對方了。」

于民點點頭，正想接過電話，突然看到傑森似乎要離開座位，好奇地問：

「你不一起旁聽嗎？」

「呵呵，我現在有一件相當重要的事情，上午我剛收到來自《華盛頓郵報》記者的檢舉，現在我得去稍微確認一下，這將成為證明理查金和史考利之間的決定性證據。」

「是什麼？」

「等一下你聽了就知道。」

然後傑森就逕自離開了座位。于民馬上拿起電話。

「是彭參事嗎？這裡是紐約警察局，我是偵查助理崔于民。」

「有什麼事嗎？」

「想請問您對世界銀行理查金遇害事件相關情事是否有所了解，才致電給您的。」

「什麼？理查金死了？你說他被殺了？犯人抓到了嗎？」

「還沒抓到，目前仍在調查中。您跟他很熟嗎？」

「那當然，過去四年期間每兩、三個月我們就會聯絡一次。」

「您和他是為了什麼事情聯絡的呢？」

「就是一般的問候而已。」

「沒和他見面嗎？」

「最近沒見面。」

「您的意思是說沒有見面，只是打電話問候而已？」

「是的！」

「您是怎麼認識他的？」

「是二〇一〇年在韓國召開的Ｇ20高峰會[1]上認識的。」

「兩位都參加了那年的高峰會嗎？」

「是的，他參加了中韓兩國政府所舉辦的美元匯率研討會，說來話長，我們見面說吧，如何？」

「您要說的話是否和他遇害有關呢？」

「很難說！」

「如果有的話，請您現在說吧！」

「不是，那不一定有關，我只想或許能提供參考，所以才覺得見面說較好。什麼時候有空，到華盛頓來一趟吧。」

「好的。」

于民掛斷電話，傑森不知何時已經回來，就站在旁邊，對他翹起大拇指。

1　Ｇ20高峰會，Group of Twenty，為國際經濟合作論壇，一九九九年十二月於德國柏林成立。由七國集團、金磚五國、七個重要經濟體與歐盟組成。國際貨幣基金組織與世界銀行也列席會議。

「幹得好！不過，這人是什麼意思？他到底知不知道和案件相關的情報啊？」

「很難說，看來得過去見個面才行。」

「這不就是一種虛張聲勢嗎？這種人多得很。有人死了，自己就像知道什麼般的，到處嚷嚷。等到面對面審訊的時候，又趕緊推託。聽說最近這也成了一種標榜自我的方法。」

注意力都集中在史考利身上的傑森，嘴裡嚷著不知所云的話。但對于民來說，彭參事所說的「四年」這個數字，感覺有點不同尋常。因為理查金開始同時使用金哲洙這個名字，也是從三、四年前開始，兩者有了交集。

11 警戒線邊緣的嫌疑人

傑森清了清喉嚨，做好與自己的決定性目標通話的準備之後，便把部下都叫了過來。

「叫你們過來是要你們看著多學學，全都給我繃緊神經，好好注意，不過絕對要保持肅靜，現在是要打電話給美利堅合眾國的陸軍上將，審問他的時刻。」

為了這個時刻，傑森這輩子從來沒讀過那麼多報導，他把和飛彈防禦系統相關的所有新聞報導和文件，全都攤開在辦公桌上，眼神焦躁地瞪著壁鐘上的秒針，當十一點正點一到他便按下電話按鈕。接線的信號音響起，當史考利的聲音從另一端傳來的瞬間，傑森整張臉都興奮地發紅。

「將軍，您認識理查金嗎？」

史考利沉默了一下才回答：

「我曾經收到一個名叫理查金的人傳來的簡訊，自稱是世界銀行的研究委員。你說他被殺了？」

「是的，所以才有幾個問題想請教您。」

「請說！」

「通話內容可以錄音嗎？」

「可以。」

「首先要請將軍您說明之所以會收到簡訊的原委。」

「他的簡訊和攔截飛彈有關，說軍費支出太多，是因為飛彈防禦系統無法正常啟動的緣故。我覺得他說的內容很有意思，所以想和他直接對話。」

「所以您打了電話嗎？」

「當然打了！」

「他說了什麼？」

「他質問我，飛彈防禦系統的預算沒能均衡分配，一直卡在中期階段的原因，是不是系統在技術上出了問題？」

「他提出的問題讓將軍您很難堪嗎？」

「多少會！」

「您為什麼會覺得難堪呢？」

「因為這個問題已經困擾了我們很久，攔截成功率比起剛開始規畫架構飛彈防禦系統時，明顯低落。」

「因此您和他說了什麼？」

「我當然是否定他的看法。」

「從您現在所說的話來看，他的主張其實是對的，但將軍您卻告訴他那不是事實，對嗎？」

「警官，為了攔截從全球飛來的洲際彈道飛彈（intercontinental ballistic missile），我們架構了飛彈防禦系統，我就是這個系統的負責人。負責全美國安保的我，怎可能輕易認同他的話，你想想看？」

「那他的反應呢？」

「他說我撒謊，說從費用支出的結構來看，明明就是技術上的問題，為什麼要強詞奪理。事實上，那時候我真的嚇了一跳。我們做了無數次的攔截實驗，遠遠超過當初計畫的次數，內部也在設法掩蓋中。但他只不過是一個研究員，竟然能自行透過預算執行結構就查出這點，令人不得不感到驚訝。」

「所以您的意思是說，飛彈防禦系統出了問題，在理查金打電話過來之前，外部沒有任何人知道，是嗎？」

「是的！那屬於最高機密。」

「可是那時候《華盛頓郵報》的威洛記者卻發布獨家報導，說飛彈防禦系統的攔截成功率只有百分之五十，對吧！」

「哼！」

「您知道理查金把這個情報給了威洛嗎？」

史考利停了一會兒才回答：

「後來才知道。」

「不管怎樣，威洛以被害人的情報為依據，報導飛彈防禦系統的攔截成功率只有百分之五十的事實。將軍為了阻止這件事情，應該會試圖安撫被害人，甚至威脅被害人吧！」

「我只是說明研發碰上瓶頸，拜託他保守祕密而已，從來沒威脅過他。」

「您說拜託過他？用電話？」

「那種事情用電話怎麼說得清？」

「見面了啊？」

「當然見面了。」

「被害者有乖乖聽話嗎？」

「乖乖聽話？當然沒有。」

「所以呢？您威脅他嗎？」

「我們達成了協議。」

「協議？」

「是的，我向他說明我們正遭遇的困難，他則不可以向任何人透漏這一點。」

「結果這個約定被破壞了！被害者把事情告訴了威洛。」

「真是個不可信賴的傢伙！」

「所以就把他解決掉了？」

「你在說什麼啊？」

「我聽說軍人最討厭不守約定的人，難道將軍會喜歡一個不守約定的人嗎？」

「當然討厭！」

「好，那您和他在哪裡見面？」

「在金色森林（Blonde Forest）見面。」

「在那裡起了爭執嗎？」
「沒有，我剛才不是說了，我們在那裡達成協議，然後在很好的氣氛下分手。」
「但是那天晚上他就遇害了，也就是說，和將軍見面的當天晚上他就被殺了。您認為那是偶然的嗎？」
「我是下午和他見面的，那之後的事情我就不清楚了。」
「他自己開車來的嗎？」
「當然，不然怎麼到那個森林？」
「可是為什麼要約在森林見面呢？市區裡的咖啡館多得很。」
「我只是不想讓別人看到罷了。」
「所以當時兩位氣氛很好地分手，後面的事情您就不知道了？」
「沒錯！」
「您就坦白承認吧！將軍您擁有充分的殺人動機。被害人沒有遵守與將軍您的保密約定，把情報提供給威洛，一直監視著他的您一氣之下，不，不是生氣的問題，而是擔心他會讓飛彈防禦系統計畫，一夕之間成為泡影，這可是好不容易拿到天文數字的預算才架構出來的，所以就殺害了他，不是嗎？」

「沒錯，我氣得快瘋了，但我沒有殺他。」

「算了，今天到此為止，今後如果我致電閣下，還請您馬上接聽，不然即刻傳喚您過來。」

「你說什麼王八蛋的話？你還真的相信我殺了他嗎？」

「這我就不知道了！」

「你以後不要再打電話給我！美利堅合眾國的陸軍上將殺害一名研究員？還是因為一氣之下？神經病！」

史考利突然大動肝火，掛斷了電話。

「呵呵，稍微施點壓力就上鉤了，是個將軍又怎樣！」

越發有自信的傑森放下電話，一臉得意洋洋地笑了起來。

「這人啊，我覺得只要我一逼他，他自己就會招了。這種犯了罪又想遮掩的人，通常都有那種脆弱的一面。」

傑森顯露出明顯的自信心。

「崔律師，你在旁邊也聽到了，理查金發現飛彈防禦系統出現問題的事情，史考利最怕這種事情被揭露出來。現在該輪到和從理查金手上拿到情報的威洛見見面，或許能發現什麼比較明確的證據也說不定。」

「你早上說有人檢舉，那個人原來就是威洛記者啊？」

「是的！聽了檢舉內容之後，我更確定史考利就是犯人。朗特里律師果然很厲害，在沒有任何線索的情況下，竟然一下子就指出史考利涉有重嫌。我現在要去見威洛，你也一起去吧。」

威洛帶有《華盛頓郵報》大報社知名記者的圓滑，顯得游刃有餘。他將傑森和于民帶進會議室，花了不少時間親自沖煮咖啡之後，倒在杯裡端給他們。

「忙人都不喜歡花時間沖煮咖啡，其實越忙就越有必要在咖啡上下功夫。人類只有思考的時候最偉大，而咖啡就是一種思考。」

威洛一說完話，傑森就忙著問：

「你不是說理查金提供情報給你？」

威洛品味著咖啡香，輕輕點了點頭。

「是他先打電話過來的嗎？說飛彈防禦系統有問題？」

「是的，是他先打電話過來的。」

「他說了什麼？」

「說從飛彈防禦系統事業團花錢的模樣，覺得有問題。類似這麼說。」

「所以你就去採訪他？」

「沒有，我要求理查金提供更確實一點的情報。」

「什麼叫更確實一點的情報？」

「當時一切都只是理查金的推測而已，不是嗎？他說卡在中期階段一直花錢的理由，是因為技術上的問題，但這也只是理查金個人間接的推測而已。所以我要求他取得確實有問題的證據或證詞。」

「所以理查金做到了嗎？」

「做得非常好，他向急得追來的史考利提出一項交易之後，就證實了自己的猜測。我拜託他盡可能錄音下來，但他做不到這個程度。」

「你說他和史考利交易？」

「是的，史考利上將是一位將人生全都奉獻給飛彈防禦系統結構的人，如果飛彈防禦系統有問題的事情被暴露出來，議會終止執行預算的話，一切就完蛋了，他的人生也一樣。」

「所以他一定會緊緊盯著理查金。」

「我就是針對這點，軍人們都很單純，只要上了鉤，能說的都會說出來。」

「那麼，威洛你所爆料的高級情報，其實都是來自史考利上將？」

威洛緩緩地點點頭。

「既然透過交易順利挖出情報的話，那理查金為什麼還會死？」

「因為他越來越接近更危險的情報。」

「你的意思是，史考利發現理查金已經跨越了自己所設定的警戒線，對他再也無法忍受，所以才殺害他的嗎？」

「對！」

「想要扳倒史考利，必須有他下令的具體證據才行。如果在證據不足的情況下貿然起訴，反而會使這邊大出血。」

「我的這些證詞還不夠嗎？」

威洛似乎想起了提供他情報的理查金，語氣沉痛地問。

「就間接證據來說，這樣就夠了，但這原本就屬於專業領域，史考利多的是方法脫身。我們缺少直接證據，從現在開始我會一一傳喚和史考利飛彈防禦系統相關的人，集中審問他們，說不定就能查出什麼與理查金遇害相關的證據。」

史考利本人的陳述和威洛的證詞，大部分都對得上，但正如傑森所言，都只是間接證據罷了。然而傑森卻比其他任何時候都要積極地推動案件調查，既然確定了方向，那麼現在只要盡快縮短時間，就能早日下定結論。

1 指可以作為推認要證事項之佐證事實的證據資料。例如，藉由犯罪現場遺留的指紋（間接證據）來證明嫌疑人曾經在犯罪現場停留的事實（間接事實），並藉此事實推定從事犯罪的可能。

12 連環防禦

不愧是軍人的史考利，只懂前進不懂後退的態度，以及威洛的證詞，大大鼓舞了紐約警察局。不只是副局長，連局長也過來拍拍傑森的背，讓身為調查小組重心的傑森沉浸在無所不能的自信感中，將飛彈防禦系統事業團的主要成員，無一遺漏地全都傳喚過來。

「飛彈防禦系統是非常複雜的體系，不是對準直線飛行的物體發射就算了。敵人會採取所有可能的方法，來擾亂雷達偵測。而且我們攔截技術在發展，敵人的飛彈也在發展，因此不可能一切都會按照當初我們所計畫的進行，失誤是不可避免的。」

「但是你們卻隱瞞了這個事實，接著被理查金發現後並透漏給威洛記者爆料。你們為了阻止這個祕密被揭穿，最後就不擇手段殺了理查金，對不對？快說！最先招認的人可以酌量減刑。」

「那算什麼祕密啊?只要稍微有點會計常識的人，一眼就能看出飛彈防禦系統在中期階段一直投錢，馬上能察覺原因一定出在一連串的失敗上。那又不是多了不起的祕密，需要這麼大驚小怪嗎?」

包括傑森在內的紐約警局資深刑警們雖然不斷逼供，卻一點也找不出史考利上將的犯案嫌疑。於是他們換了一批調查對象，改採強穩策略，動員各類經典方法和手段，卻仍舊找不出證據來。

「真奇怪，雖然史考利說的好像理查金該死，他恨不得殺了理查金這種人，而威洛也說史考利確實是唯一的嫌疑犯，但為什麼查不出任何結果。」

副局長臉上一臉難以釋懷的表情，傑森就以充滿自信的聲音接下去說:

「不管要花多少的時間，我一定要證明他的嫌疑，這事件已經很明確了。」

但在一旁默不作聲看著的于民，總覺得哪裡怪怪的。一直等到最後一名相關證人的調查在沒什麼意義下結束後，于民才靜靜地走出警察局，直奔巔峰法律事務所。

「我第一次看到像您這樣隨時可以見到朗特里律師的人，而且您還是一位外國人。看來崔律師身上有什麼特別的地方吧?」

「這我也不太清楚，好像是和我們事務所的金律師有很深的淵源吧。」

面對喋喋不休的祕書，于民有點尷尬地笑著說。等著他上來的朗特里，以溫和的寒暄迎接于民的到來，一點也不像一個以秒計費收取高額諮詢費的知名律師。

「歡迎，崔律師！」

于民深深一鞠躬之後，拿出手機放在桌子上。

「這是史考利上將的通話內容，以及威洛記者的對話錄音。史考利身邊稱得上親信的親信們全都抓來調查了一番，但都得不到什麼成果，所以想朗特里律師或許能從裡面聽出個所以然來。請您聽聽這些內容，給人感覺史考利確實牽連在內的樣子……。」

于民打開手機播放器，傑森與史考利的通話語音便傳了出來。朗特里支著下巴聽完之後，又聽了威洛記者與傑森的對話。全部聽完後，他的臉上顯出奇妙的表情，又從頭聽了一次，這才關上播放器。

「這有點奇怪！」

「啊？單單作為「心證」來看，這不是非常完美的證據嗎？兩人的陳述都很一致……。」

「這就是問題所在！」

「什麼問題？」

「這不是傑森能解決的事情。」

「史考利的心思都已經這麼明顯表露出來了，這種情況下不要說是傑森，任何人都能解決。」

朗特里把身子往沙發裡一靠，手指頭在自己膝蓋上敲了幾下。

「你說明顯表露出來？剛好相反，這兩個人的陳述非常奇怪。」

「啊？」

「史考利看不出很投入的樣子。」

「什麼叫投入？」

「我說的是傑森警官的審訊裡。一個被指有殺人嫌疑的人通常會使出渾身解數投入審訊裡為自己辯白，這才符合道理，不是嗎？」

「……？」

「所有犯罪者不管採取什麼手段，一定會想盡辦法抹煞自己與犯罪之間的關聯。但這人剛好相反，他根本就是在說服對方相信，自己具有殺人的動機。」

1 法官做出判決的基礎之一，法官可依此判斷證據與事實間的可信度高低。

「沒錯。」

「這就代表他具有無比的自信心，不管你們用什麼方法，都奈何不了我，我也不會因此完蛋的意思。」

「啊？那是什麼？」

「我可以理解那份自信，作為一肩扛四顆星的最高級將領，就算真的下過殺人命令，身為罪魁禍首的他，相信手下會做得乾淨俐落，所以敢大言不慚地這麼說。不過，這件事有點不一樣，得多想想。」

「是哪個地方讓您有這樣的想法呢？」

「威洛。」

「威洛？他是《華盛頓郵報》的知名記者，照理不會做偽證才對。」

「如果說史考利急著想投入被指為殺人犯的審訊裡的話，那麼威洛這個人就是急著想出面做誰都不想做的事情。」

「您說得太難我聽不懂，可以簡單地解釋一下嗎？」

「威洛不是作證史考利就是那個不折不扣的殺人犯嗎？一般人就算親眼看見那樣的事情，要他站出來作證通常會拒絕或遲疑。尤其自己的證詞會證實某個人就是殺人犯的時候，誰都不會輕易說話。」
「……。」
「然而這個人卻太過於堅定，而且還是在證實陸軍上將史考利就是殺人犯的時候。所以兩個人都很奇怪，或許裡面有什麼內幕，這件事情絕非單純的刑事案件。」
「那麼難道，嗯……史考利不是真正的犯人？不對，明明就是啊？還是說不管誰是殺人犯，都無法查明嗎？」
「我的感覺，這事件重要的不是在查明誰是殺人犯，而是這背後似乎有一個龐大的組織，正在進行一些我們不知道、也猜不透的事情。」
「圍繞著飛彈的集體犯罪嗎？您的意思是說，這或許是連國防部都牽涉在內的一項陰謀？」
「不，說不定主體不是飛彈。因為不管是史考利還是威洛，都想盡辦法把這事件扯上飛彈。」
「也就是說，其實不是那麼一回事。」
「我的想法是，身為飛彈防禦系統團長，本能上會盡量避免提及飛彈的事情。但這人張口閉口都只說飛彈的事情，那麼殺人動機反而不是出於飛彈的可能性很高。」

「不是飛彈？」

「沒錯！換句話說，這兩人的陳述從一開始就是有目的的，故意把理查金的事情扯進飛彈裡去，同時也強調史考利有殺害理查金的動機，這就是所謂的連環防禦。」

「連環防禦？」

「是的！這是要意圖癱瘓調查。」

「嗯。」

「首先史考利並沒有殺害理查金，但他的言行卻像是自己殺了人。而威洛則出面做出不利於史考利的決定性證詞。但不管怎麼調查，因為史考利根本與事件無關，所以找不出任何物證。又因為威洛說謊提供了似是而非的心證，所以調查從一開始就陷在這裡，永遠也查不出個所以然來。」

「他們為什麼要幹這種勾當呢？」

「剛才不是說了，很可能是史考利和威洛這兩個完全湊不到一起的人，彼此串通，拿出飛彈這個假象來遮掩事件的真相。這也從旁證明了背後有勢力龐大的靠山，正在進行一項規模宏大的工作。」

「那麼理查金……。」

「沒錯！被害人理查金正握有這事件所有的關鍵。他在研究之後所導出的結論，也就是這項結論導致了他的死亡，卻正好可以揭穿那些人的真面目。」

「理查金的研究……。」

「不管是傑森還是紐約警察局，甚至是聯邦調查局（CIA）都無法接近這個事件，外部壓力會大得難以想像。只有崔律師你做得到！把暴露出來的一切都忘掉，去追蹤理查金的研究吧！把自己當成理查金，跟著他做過的思考和推理，總有一天就能觸及他的結論。」

13 理查金的妻子

朗特里說的每一句話都對，于民想了又想，反而越想越覺得周圍的一切都是在妨礙案件的調查。世界銀行、史考利、威洛、紐約警局，全都在模糊事件的焦點。唯一真實的線索，只有理查金的研究。這麼一想，心裡反而鬆了一口氣。

于民把住宿換到一家安靜的旅館，他決定清空複雜的腦袋，重新出發。新的旅館小小的很乾淨，雖然價錢貴得嚇人，但位置靠近中央公園，早上散步再好不過了。

嗡嗡嗡嗡！

沿著中央公園環狀道路慢跑的于民，看到手機視窗顯示傑森的名字，歪著頭感到有點疑惑。這通來電也太早了吧！

「早安，傑森！」

「崔，逮到那女人了！」

「那女人是誰？」

于民突然想起理查金的妻子蘇珊，理查金死後，隨即離開紐約潛藏行蹤的女人。她的行跡雖然讓人覺得有點奇怪，但一個深受衝擊的女人，做那樣的事情一點也不為過。不過用「逮到」這個詞，讓于民有點不解。

「我是說理查金的妻子。」

「怎麼說『逮到』呢？難道她是殺人犯？」

「不是，她涉嫌洩漏軍事機密。」

「軍事機密？」

「詳細情況我也不太清楚，波士頓警察根據國防情報局的要求羈押了她，但不管問她什麼，她都行使緘默權。反正稍後會在警局裡進行對理查金案件的相關審訊，大概下午開始，你也過來吧！」

蘇珊是一位看起來非常賢淑的女人，具有學者風範的同時，從她雙唇緊閉的模樣也給人意志堅定的感覺。她彷彿不知疲累似地直挺挺地坐著，反而是傑森難掩倦色，頭不停地晃來晃去。

「她對審問完全不回應，除了要喝水和上洗手間之外，一概不說話。以前我也見過很多行使緘默權的人，但沒看過像她這樣嘴閉得那麼緊的人，連身分訊問都沒辦法做。崔律師，你試一次看看吧，你們同樣是韓國人，說不定會好一點。」

于民第一眼就看出來，在充滿緊張、疲勞氣氛的審訊室裡，蘇珊不是一個會隨便胡謅的女人，因此他默默地向蘇珊低頭致意。

「我是從韓國來的理查金的律師崔于民，如果您有哪裡需要協助的地方，請儘管告訴我。」

蘇珊睜開緊閉的雙眼，眼神靜謐卻充滿智慧。她凝望著前方，眼睛連眨都不眨一下，無視于民的存在。于民又再度一鞠躬，走出了審訊室。隨後跟著出來的傑森聳聳肩說：

「就算我們告訴她，一定會逮捕殺害她丈夫的犯人，她也不說一句話，就像乾脆用強力膠把嘴黏了起來似的。要是一般的女人，早把自己知道的全說出來，丈夫和誰誰誰見面、誰誰誰很奇怪等等之類的。」

「你不是說她涉嫌洩漏軍事機密？這和理查金有什麼關聯？」

「她什麼都不說，我怎麼知道！」

「波士頓警察不是有送來相關文件嗎？」

「那邊說是根據國防情報局的檢舉逮捕，但因為嫌犯從頭到尾行使緘默權，沒法調查，所以什麼都不知道。」

「國防情報局所主張的嫌疑是什麼？」

「洩漏飛彈機密。」

「飛彈？那具體到底是以何種方式洩漏什麼機密呢？」

傑森把文件夾拿了過來，讓于民看國防情報局的檢舉信。

蘇珊金為持有與美國飛彈攔截系統核心「薩德（THAAD）」相關的極度敏感情報者，簽署過保密切結書。但此人將情報洩漏給身分不明的第三者，違反了禁止洩漏軍事機密的規定。

「洩漏機密給身分不明的第三者？事件本身也太模糊了吧……，這要追究的地方太多了！」

于民出於本能地知道這必然是理查金事件的延伸，飛彈不僅在理查金被殺案件裡，連在蘇珊洩漏軍事機密案件中都占了一席之地。

蘇珊在紐約警局被審訊了一整天，卻始終行使緘默權，不回應任何的調查。審訊延續到第二天，甚至第三天，都一無所獲。

「在我們警局調查那女人已經毫無任何意義，她和丈夫遇害沒有任何關聯，事實上我們沒有權利審問她。只不過是為了以防萬一才傳喚她過來，看來得把她送回波士頓。」

在蘇珊被押解回波士頓之前，于民走進了審訊室。站在即使獨自一人也保持挺直姿態坐著的蘇珊面前，于民開始解釋自己會來美國的原委。

「我成了律師之後連續三年，都接不到一件案子，算是一個無能的律師。然後有一天在仁川機場和妳的丈夫見面，他可說是我的第一位客戶，我真的很感激他。」

于民風馬牛不相及的話，讓蘇珊臉上閃過一絲變化。

「理查金把母親託付給我之後，就回美國了，我也到堤川去探望他的母親。那時，我怕自己無法琢磨老人家的心事，就錄音下來。」

蘇珊仍舊看不出有什麼反應，但于民還是從手機裡播放當時錄下的音檔。

—金博士他啊，確實很優秀，雖然是我兒子，我還是覺得這種人世間少有。還有我媳婦，有機會你也一定要見見。怎麼會碰上這麼聰明又乖巧的孩子呢？一點也不像在美國念書的女孩。我也想去美國一起住，可是又怕妨礙到孩子們用功，才拚命忍了下來。

—您媳婦還在上學嗎？

—啊，她在美國拿到正正經經的博士學位，現在是教授。要不是她當上了教授，我也就過去美國住了。可是如果去了妨礙到這麼優秀的孩子用功，那可不行！所以我只要能在這裡想著金博士他夫婦倆過日子，就覺得很幸福。

手機還在播放中，于民卻感到一股壓抑的氣氛，抬頭一看，就發現蘇珊雙眼中不知何時已流下淚來。

「對不起，我怕妳不相信我，正好有錄音下來的音檔……。」

「她是很了不起的女人，對我來說，就像親生母親一般……。」

蘇珊之前行使緘默權，一直處於高度緊張狀態，如今一旦潰堤，哭了好一陣子才停。從丈夫橫死開始，到被羈押的短短時間裡，她所經歷的煩惱是無法以言語形容的。

「華盛頓塔夫特！」

蘇珊在哽咽聲中，以小到幾乎聽不見的聲音說了一句話。瞬間于民本能地抬頭四顧，誰也沒有聽見的樣子，剛好就在調查人員看到蘇珊開口，正紛紛走進來的這個時刻。于民開始大聲提問，蘇珊也彷彿從沒行使過緘默權似地，以清亮的聲音不斷回答。

「妳承認國防情報局對妳涉嫌洩漏軍事機密的指控嗎？」

「我沒有資格取得祕密，也從沒簽署過保密切結書。然而奇怪的是，竟然會說我涉嫌洩密。」

「那麼妳對飛彈一無所知嗎？妳丈夫不是已經發現飛彈防禦系統的攔截成功率顯著降低的事情。」

「我的專業是空間數學，如果是有關薩德高度之類的問題，或許我還幫得上丈夫的忙。但如果單純只是攔截成功率下降的話，這根本算不上是機密。我丈夫說的也不是飛彈防禦系統嚴重浪費預算而已。」

「所以呢？」

「飛彈防禦系統從一開始，不管如何改良，攔截成功率都達不到百分之百。」

「所以意思是指，投入龐大預算的飛彈防禦系統根本沒什麼用？那麼從理查金那兒拿到情報的威洛，在爆料中為什麼沒有強調這一點？」

于民感到蘇珊現在說的話，是比世人已知的部分還更深入一層。她所說的，不僅是飛彈防禦系統投入了龐大金錢，還指該系統存在根本上的缺陷。

「我丈夫從來沒有提供任何情報給威洛，這個人他根本就不認識，或許這個人是從政府單位獲得了情報，反正這事情大家都知道。不管怎樣，飛彈防禦系統必須具備一個條件，才能精確運作。」

「什麼條件？」

「想要拯救飛彈防禦系統，就必須無條件將薩德部署在韓國。」

「將薩德部署在韓國？」

「是的。美國的飛彈防禦系統是將中國作為假想敵展開的，表面上是要對付北韓核武，實際上是針對中國。原本飛彈防禦系統是準備當中國飛彈發射過來的時候，在太平洋上空予以攔截的。但成功率太低的緣故，只有將薩德部署在最接近中國的地方，飛彈防禦系統才能發揮威力。」

「意思是說，沒有薩德的話，飛彈防禦系統就成了一堆破銅爛鐵？」

「是的！薩德是整體飛彈防禦系統中，最重要的一環。雖然也只是飛彈而已，但所裝置的雷達威力更強。」

「看來似乎是高性能雷達。」

「一旦薩德被部署在韓國，包含洲際彈道飛彈在內的中國所有飛彈，就等於一堆廢物。只要一發射就會被雷達捕捉到，可以選擇性地在某一區段攔截。」

「那麼薩德的用途，不是為了北韓核武囉？」

「北韓往南韓發射的飛彈，高度不需要太高。所以韓國政府相信，如果只是愛國者（Patriot）飛彈的話，自己就足以擊落，而且國內也架構了獨特的防禦系統。薩德本就是高性能飛彈，並不適合用來專門對付北韓核武。」

「那麼殺害理查金的動機是因為薩德嗎？」

「如果那就構成殺人動機，不就連我都要殺了才對！」

「如果不是因為薩德，為什麼要故意捏造證據陷害妳呢？妳知道的只有薩德，不是嗎？」

「因為他們以為，我丈夫知道的，我也知道！」

「妳丈夫的研究中有什麼妳認為很危險的？」

「我丈夫從來不跟我談他的研究，這是為了保護我。雖然這對調查會有幫助，但我真的什麼都不知道。」

蘇珊話說到這裡，就閉嘴不再言語。

之後不管傑森等一干調查人員再提出什麼樣的問題，蘇珊都沒打算開口的樣子，再度行使緘默權，最後紐約警局只好將她送回波士頓警察局。

「崔律師，你真厲害！」

「說什麼厲害，哪有？」

「不管怎樣，你撬開了那女人的嘴。」

「可惜她對丈夫的死一無所知！」

「可是她提到了飛彈！」

強烈相信史考利就是殺人犯的傑森，和于民不同，把重點放在了蘇珊提到的飛彈部分。他馬上和幾名調查人員一起拿著蘇珊的影音檔到另外的房間去。被獨自留下來的于民，卻想起了蘇珊乍然吐出的謎語。

14 平澤一兆美元的交易

（華盛頓塔夫特！）

于民不斷琢磨蘇珊私下吐出的這句話，除了這句話之外的所有情報，蘇珊都非常大方地說出來，這代表了只有這句話才算得上危險情報的意思，也證明如果不能解讀這句話，就無法找出任何的真相。這像是一個人的名字，可能是殺害理查金的人，也或許是背後教唆的人。要解決這事件，救出蘇珊，這句話明顯是決定性的關鍵。

于民私下裡到處打聽「塔夫特」這個名字，卻沒有一個人明確地知道，就算有回覆，也是風馬牛不相及。

—華盛頓有權勢地位的人裡，沒有叫塔夫特的。職務類似的，只有華盛頓市政府負責清掃單位的局長，電話是……。

于民想，這一定是一個以這種方法查不到的名字，因此斷定只有重新從案件中去追查才行，於是他想起了在這件案子裡所有地方都毫無例外會出現的一個單詞。

飛彈防禦系統！這是到目前為止唯一暴露的情報。雖然屬於連環防禦的釣餌，但釣餌也是仿效原本實際的情況做出來的，絕非毫無相關的東西。

「簡訊內容！」

一想到這裡，于民就認為史考利即使沒有直接殺人，至少也屬於其背後勢力的一員，不可能會將他與理查金的所有對話都一五一十告訴警方。他和理查金之間必定有某種不可告人的對話，而啟動這番對話的關鍵，是理查金傳過去的簡訊，但因為手機被盜，變得無法知道內容。手機被盜的原因，必然就在此。

「簡訊內容會是什麼呢？」

于民自己編了起來。

—將軍，飛彈防禦系統的攔截成功率只有百分之五十，所以你們現在才會瘋狂地把預算投入進去。

這是最有可能的簡訊內容，但這種程度不太可能會驚動將軍。

——將軍，如果不在韓國部署薩德，飛彈防禦系統就會變成一堆破銅爛鐵。

這個可能性也不高，就算知道這點，也不會讓美國和韓國政府產生某種的變化。而且這樣的內容，蘇珊之類的專家們誰都想得到。

思路不通，正無聊地瀏覽著理查金研究的于民，卻一下子從椅子上站了起來。達特茅斯學院，金墉總裁就是被理查金在那地方所做的研究吸引，才將他帶過來的，所以那裡或許留有一些痕跡也說不定。

「我們在達特茅斯是很親近的好友，當初金墉總裁去世界銀行想把他一起帶走的時候，他也十分遲疑，畢竟他本來就很喜歡這所學院。」

于民和理查金最親近的韓人同事戴蒙朴見面。坐在教授會館一角的咖啡店裡，他一聽到理查金死去的消息，手中拿著的咖啡杯就掉了下來。

「狗娘養的傢伙們！」

「您這是在罵誰？」

于民神經緊繃地問，戴蒙朴馬上換了個表情。

「我如果知道是誰，我還會乖乖坐在這裡嗎？」

「那您為什麼罵狗娘養的？」

「這裡大家都罵狗娘養的啊，所以我才脫口而出。不管罵的是強盜也好，黑手黨也罷。」

于民便對著戴蒙朴，開始詳細問起理查金的事情。

「不過似乎不是強盜，也不是黑手黨之類的罪犯殺害了他。一位專家說，他的死和他所進行的研究有關，您覺得呢？」

于民的問題，讓戴蒙朴眉頭緊皺。

「是因為他的研究？」

「是的，他最近一直在埋頭研究弱勢美元。」

「弱勢美元？這個主題大家都在研究，很難想像他會因為這個研究被殺。」

「就算不是美元好了！他有沒有說過什麼可能招致危險的話？或者是在他喝醉酒的

時候。」

「招致危險的話？」

「我是指他有沒有說話觸犯某人的致命弱點，還是像維基解密[1]或史諾登[2]一樣，暴露了國家隱私。」

「哈哈，他在達特茅斯這裡就是一個和平主義者，我們一起研究，一起運動，偶爾還會聚在一起喝酒，如此而已，根本沒做過什麼誇大的行為。」

「那您再想想，會不會有什麼您一時沒想到的事情。」

「這個嘛……，啊！還有那件事情。」

「什麼事？」

「當時把全校都嚇了一跳。」

戴蒙朴點著頭像突然想到的樣子回答。

「到底是什麼事情？」

「他以前曾經寫過一封信給白宮……，當時就不停地有黑衣人從華盛頓跑到學校裡來。」

「從華盛頓？誰？」

「是誰不知道，反正看起來就像政府方面的人。因為全都穿著黑色西裝過來，學校教授還開玩笑說，這次這群傢伙是中情局的，上次那群是聯邦調查局；不對，是國稅廳來查稅的等等，引起不小的話題。」

「他寫了什麼信？」

「可惜他沒公開信的內容，我們覺得理查金可能和政府之間在維持安保上達成協議的樣子。」

「大致是什麼內容能不能猜測一下？」

「他們全都守口如瓶，不管是理查金或政府在那之後都不透露任何端倪。不過……。」

戴蒙朴停頓了一下，又說了一句話。

「有一點可以確定的，就是和錢有關的問題，因為信的標題寫的是『平澤一兆美元交易』。」

1 Wikileaks，是一無國界、非營利性質的網站，專門公開來自匿名來源和網路洩漏的文件。

2 艾德華．史諾登（Edward Snowden），前美國中央情報局（CIA）職員，美國國家安全局（NSA）外派技術員。二〇一三年六月在香港將美國國家安全局關於稜鏡計畫監聽專案的祕密文件披露給英國《衛報》和美國《華盛頓郵報》，遭到美國和英國的通緝，目前受俄羅斯的庇護中。

「交易？」

「內容是什麼不清楚，不過標題就是這樣。」

「交易指的是買賣的意思……，那個標題您怎麼知道的？」

「引起問題之前，曾經出現在郵件收發單上。一開始理查可能沒想太多就寫了，後來又馬上刪除掉，但負責收發郵件的助教卻記了下來。」

「因為那件事，理查金有可能陷入危險中嗎？」

「危險？你的意思是說寫封信給白宮就讓他陷入危險？」

「不是這個意思！不過既然有那麼多穿黑西裝的人跑來的話……。」

「他們不是來打架的……，反正他們說話的聲音很小聲，門前還有人看守，但沒有劍拔弩張的氣氛。」

「後來理查金有沒有持續受到威脅呢？或者發生什麼可能和這次遇害事件有關的事情。」

「只有那時而已，後來沒看到那事出什麼問題，也沒看過理查金為了那事傷腦筋。」

「這還真奇怪！什麼叫平澤一兆美元交易，平澤是指韓國京畿道的那個平澤沒錯吧？」

「有人問過這個問題，理查金只是笑笑，沒有回答。不過除了那個平澤之外，還有哪個平澤呢？」

「這事真奇怪，怎麼會有那麼多人從華盛頓過來。就算理查金守口如瓶，但這一定會成為大家超想知道的事情，竟然沒有一個人猜出正確意思呢，真令人難以理解。」

戴蒙朴噙著頑皮的笑容望著于民，突然吐出一句話。

「那麼那到底是什麼意思，崔律師猜猜看吧！」

「美國想把平澤買下來嗎？」

于民想到什麼就說什麼，戴蒙朴像個頑童一樣笑起來。

「大家都這麼猜，結果全都猜錯了！很多人都跟崔律師想的一樣，但就算美國要買下平澤，整個地價計算起來，也不過二十億美元就夠了。」

「美軍部隊不是轉移到那裡了嗎？那麼那裡應該有龐大的軍事設施吧？」

「這點大家也想到了，所以就假設美國要在那裡建設世界最先進的基地，然後再進行估價，結果也不到一百億美元。」

「如果是建設東北亞美軍總司令部呢？」

「一百五十億美元。」

于民只好笑著道別說：

「我一定會試著解開這道謎題。」

「我們已經懸賞三十美金，你如果解開了，就過來領取。」

于民走出達特茅斯學院，臉上帶著苦笑。理查金就像洋蔥一樣，剝開一層皮，下面又出現另一層。但這個新的問題馬上成為于民心中的當務之急，到底平澤這個小小的都市，為什麼會牽扯上一兆美元，以韓元計算，就相當於一千兆韓元。于民把這當成遊戲，做了各式各樣的猜測，卻得不到任何結果。

塔夫特報告 4／朴元淳

根據我們分析的結果，目前在韓國社會中，朝野政治人物加起來，二〇一七年總統大選最有利的候選人，就是朴元淳。目前擔任首爾市長的他，到大選時便能直接參選，這是其他候選人所無法享有的特權中的特權。現任總統朴槿惠曾經嘆怨，二〇〇七年與李明博競爭總統候選人，在黨內初選時，身為在野黨黨魁的她能動用的經費，只有當時擔任首爾市長的李明博的百分之一都不到。由此可知首爾市長一職在總統大選中多麼有利。

而且朴元淳從年輕時起，就主導社會各階層的市民運動，他的形象比其他候選人都清新。同時雖然他身處政治圈外，卻比任何政治人物都有名，這名聲甚至在看不見的地方都能發揮極大的影響力。由於他的活動範圍太廣，韓國社會中到處都有人自誇是朴元淳的朋友。

如果朴元淳以獨立候選人身分宣布參選下任總統的話，完全有可能扳倒執政圈最有力的兩個人。

一個是也曾擔任過首爾市長的吳世勳[1]，他在連任首爾市長期間，將自己的政策賭上市長職位交付公投，沒想到投票率慘澹，只好辭職下台。而他所空出來的首爾市長位置，便由朴元淳補上。吳世勳的形象算是較年輕、清新，但首爾市長一職，尤其是扯上朴元淳的話，每每被視為敗者。再加上他賭上市長職位舉辦公投的議案，是反對由在野民主黨控制的首爾市議會推行的「全面性學生免費營養午餐」計畫，這也成了民眾對他的印象，因此不管他的「選擇性免費營養午餐計畫」是對是錯，他已經被烙印為是一個不懂得解讀時代潮流的政治人物。在美元通貨膨脹的時代，全世界物價，尤其是糧食和食品價格大幅調漲，有越來越多的人生活吃用都成了問題。在這種情況下，首爾市長這個人無法感受到徘徊在中產階級人們心理上的不安，反而給了這些人他站在有錢人那邊的印象。相較於被視為是站在弱勢、窮人一邊的朴元淳，吳世勳就絕對贏不了朴元淳。

另一個也是一直挑戰歷屆首爾市長職位的鄭夢準[2]。他在二〇一四年舉行地方選舉前為止，還被認為是朝野總統候選人之中，支持度最高的人物。挾著如此的高支持率，他出馬競選首爾市長，卻以相當大的得票差距敗給了朴元淳。問題就出在他落選的原因，當然，他的家族多多少少有很多爭議，但他會落選本質上不是因為他的家族，而是他本人的能力大大不如朴元淳。而且在形象上，他也遭受到致命性的傷害。比起熟悉首爾民生的朴元淳，鄭夢準顯得無知且無能。因此他的選舉造勢活動缺乏創意、改革的精神，只會採取負面策略，不斷攻擊競選對手朴元淳的缺點，這反而引發人們的反彈。鄭夢準在首爾市長選舉失利的同時，也失去了他作為最有力的總統候選人支持度第一的寶座，未來也看不出有可能恢復的機會。

二〇一四年首爾市長選舉時，朴元淳也甚至在一向被視為執政勢力鐵票倉的江南、瑞草、松坡區都得到了不少票數。這顯示朴元淳的支持者並不局限於在野勢力的地盤。對傾向支持執政黨的人，他的吸引力有逐漸擴大的趨勢。而且身為連任市長的他，也可

1 吳世勳，一九六一年出生於首爾，畢業於首爾大學法學院，曾擔任過律師。後於二〇〇六年以執政的大國家黨候選人身分當選首爾市長，並於二〇一一年連任成功，卻因為學生免費營養午餐公投失敗而引咎辭職。

2 鄭夢準，一九五一年出生於釜山，為韓國現代集團總裁鄭周永的六子。二〇〇九年出任執政的新國家黨黨魁，二〇一〇年因新國家黨在地方選舉中慘敗，引咎辭去黨魁一職。二〇一二年和二〇一四年先後參加總統大選和首爾市長選舉，均告落敗。

以多方調整初選時未盡之事，再挾此成果順利進入總統大選。對朴元淳而言，做好首爾市長就是最佳的大選造勢活動，因此他也等於搶占了最有利的位置。

不過，如果他當選總統，卻可能展開對我們最具致命性的布局。

15 對美政府提案

飛返紐約途中，于民拿出手機開始筆記，順便整理一下思緒。

一、理查金知道了某種祕密才遭殺害，他的妻子蘇珊金則因知曉祕密，遭到構陷羈押中。

二、理查金在平時不會去的陌生地點遇害，他遇害的蛛絲馬跡必然存在於手機裡。

三、手機裡的可疑人物是史考利將軍，但他只不過是個傀儡罷了，背後不知名的藏鏡人正在策畫一場巨大的陰謀。

四、理查金得知祕密的方法只有一個，就是美元研究。

寫到這裡，于民笑了起來。想得再多也沒用，只能跟著理查金做過的研究一步步找起。而理查金的美元研究，就如上次在他的電腦裡所看過的一樣，充滿了各種複雜的統計和數據，就算回頭再看一次，也很難理解。

笑容轉為嘆氣，于民腦中甚至浮現「就到此為止吧，回韓國去算了！」的想法。什麼叫跟著理查金研究的腳步走，朗特里是不是太看得起自己了？這根本看不到任何成功的可能性。于民嘆了口氣，腦中卻緩緩閃過三個人的臉孔。

在仁川機場拿著三千萬鉅款，把母親託付給自己的理查金；要求自己查清兒子死亡真相的老母親；最後是理查金的妻子蘇珊。尤其是蘇珊，臉上一副生無可戀的表情。于民握緊拳頭，自己的人生一直都在不停地放棄，但這次，他決定要正面迎戰，放手一搏。

「我想再看一次理查金的電腦，這次我自己來就可以了。」

狄倫請再度上門的于民坐在理查金的位子上，于民等待電腦開機的時候，就對著顯示器深深低頭致意。這是向如今已消失無蹤的電腦原主人，一種發自內心的問候。隨後，于民將游標放在連連出現的檔名上，開始一個個確認。只要檔名有點意義或比較特別的，他都毫無懸念地開啟檔案，但內容他卻無法理解。

于民分類檔案的標準，就是時事性。理查金的研究會引發現實衝突的機率，不管怎樣應該會依照主題的時事性高低來排列。很幸運的，在理查金具有時事性的文章裡，都放上了相關照片或報導，對于民在理解上有很大的幫助。

于民在此奮鬥了幾天之後，終於挑出了時事性最強的幾個檔案。

「美元危機，無從躲避嗎？」

「中國若一舉賣出所保有的全部美元？」

「美元會拉著全球經濟一起陪葬嗎？」

「不要讓美國恣意印鈔票！」

「對美政府提案」

于民把自己所挑選的每一個檔案都細細讀過。閱讀理查金研究的同時，過去在日常生活中多麼熟悉的美元，突然變得十分陌生，美元的潛在危險性，也讓于民對這世界有了不同的觀感。讀得津津有味之際，于民也不忘從中抽絲剝繭，尋找可能和理查金之死有關的內容。

「所有的文章都很危險！」

沒錯！了解了理查金的文章之後，就會發現全部都包含了致命的危機，沒有哪篇文章不危險的。于民這才真正理解理查金在研究什麼。他透過研究美元的手段，尋找出威脅全世界危機的預警。

（假設是這些文章招致危險，那必然都具備了同一個條件。）

于民的著眼點是，不管這些文章有多危險，如果其他人已經提出類似的看法，那麼就不再具有危險性。唯有理查金個人獨到的見解，才可能招來危險。訂出這項原則的于民，不知從何時起，變得越來越有自信。

連接網路，于民的手勤快地按著滑鼠，與美元相關的所有危機問題、尤其是美元沒落的問題，于民一開始還以為是理查金自己想出來，現在才知道其實早就有其他許多的學者提出來討論。于民對自己所設定的原則，感到十分滿意。除了這個依邏輯設定的原則之外，其他于民都可以不管，只要機械性地找出內容包含理查金個人見解的文章即可。

「對美政府提案」

這個檔案一直開啟著，于民忙著在網路上查找，打電話給伊頓，進行比較作業，終於告一段落之後，才用滑鼠按著滾動條往上拉，從文章的序言開始細讀。這篇文章是在韓國召開G20高峰會當時，理查金應韓國政府的委託，面對二十國財政部長們所發表的論文。

在于民幾天幾夜不辭辛勞的追查之後終於發現，只有這個檔案才算是理查金個人的獨家看法。

為了解決美國的貿易赤字，韓國和中國政府試圖向包括財政部長在內的美國政府當局，誠摯提出新的方案。

兩國政府認為，如果能設定美國貿易赤字的基準點，依此結合美元匯率的話，就能阻止美國貿易赤字呈幾何級數增加。也就是說，如果貿易赤字超過基準點的話，這套系統就會自動調整美元匯率貶值。

反之，當赤字減少的時候，則會自動調整美元匯率升值。如此一來，美國就不會因為貿易赤字承受過多的痛苦，也得以保障國家的安定。

這段文字于民來來回回讀了數十次，找了許多相關資料來掌握文章的內容。最後于民不禁睜大眼睛，難以置信地搖搖頭。

一、各國競相調降本國匯率，謀求在貿易中得利的國際匯率貶值戰爭。

二、如滾雪球般的美國貿易赤字。

這是韓國政府在G20高峰會上提出的全球金融危機的核心要素，因為是理查金所提出的，所以這兩個問題在尋求解決方案時，全都以美國的利益為主。美國在貿易上如果出現赤字，就調節美元匯率貶值。也就是說，由全世界共同負擔美國貿易赤字的意思。這套系統將可能造成中國莫大的損失，但中國反而率先提出這個利人損己的方案，這真是一大謎團。然而更令人費解的，卻是這項提案的結果。

（這實在太奇怪了吧！）

于民又大大地搖了搖頭，這項中國送給美國的大禮，不是出於其他國家的反對，反而是因為美國政府的拒絕接受，而未受採納。于民完全無法理解這個結果，他找了所有資料和研究報告讀過之後，也沒能發現與此相關的內容。

（怎麼會拒絕這麼美好的提案呢？有可能嗎？）

悶悶不樂的于民突然從位子上站了起來，轉身去找狄倫。

「美國為什麼會拒絕 G20高峰會上將貿易赤字與美元匯率結合的上好提案，理由是什麼？」

「啊？」

于民突如其來的質問讓狄倫聽得一頭霧水。

「對為貿易赤字傷透腦筋的美國政府來說，還會有比那更好的提案嗎？貿易赤字惡化時，貨幣貶值；貿易赤字好轉時，貨幣升值，如此一來美國就不會陷於貿易赤字的危機中。我問你還有比這更好的提案嗎？」

「這個……。」

狄倫想回答，卻突然語塞。乍聽之下，還以為很好回答，真要說出理由，腦子裡卻一片空白。狄倫笑著按下對講機，把研究員找了過來。

「二〇一一年，不，是二〇一〇年吧，在韓國召開的 G20高峰會上，美國政府拒絕將貿易收支與美元匯率結合的提案，你把原因告訴他。」

「啊，本部長，真的很抱歉，那理由我從來沒有深入探討過，或許問問其他研究員比較好。」

當著于民的面，狄倫有點尷尬地笑了笑，又找了好幾個研究員進來，但奇怪的是卻沒有一個人知道。面對生氣的狄倫，最後被叫進來的研究員辯解說：

「研究員本來就不研究非正常的事情，因為根本無法導出任何理論或模式。」

狄倫按捺下心中的憤怒，把研究員全都趕走之後，不好意思地笑著說：

「當時美國政府的拒絕屬於非正常狀況，所以還需要額外了解的樣子。」

「都是我問了莫名其妙的問題，才讓研究員們感到為難。」

「沒那回事！不過你為什麼會問起這事呢？」

「我認為理查金的研究中，如果會讓他陷入某種危險的話，一定存在他獨到的見解，是其他學者所沒有的看法。這麼一找之下，發現只有二〇一〇年的研究，屬於他個人獨家的看法，就是G20高峰會上的那項提案。」

「事實上研究美元本來就會接觸到不少最高機密，如果深入鑽研的話，就會發現多的是不為人知的事情。但是包括我在內，我們的研究員對當時的情況都不太清楚，所以沒法回答你，真的很抱歉！」

「不，那不屬於經濟理論，研究員當然有可能不知道。我再去找當時參與過的人問問看，你就別再費心了！」

告別狄倫，走出世界銀行之後，于民歪著頭。

（啊？）

他想起了前不久才通過電話的中國大使館參事彭謙。彭謙說他是在二〇一〇年G20高峰會上認識理查金的，既然理查金在與中國協商後才發表那份提案，那麼彭謙應該很清楚當時的情況才對，剛好也答應了要跟他見面。于民也想起了之前和他通話的時候，他提及「四年」這個數字，而理查金開始使用兩個名字也是三、四年，兩個數字剛好重疊，于民興奮地按下彭謙的電話號碼。

16 幕後藏鏡人

彭謙參事在一間事先預訂的餐廳包廂裡等候，透過窗戶可清晰俯瞰波多馬克河。

「沒錯，我就是在那時認識他的。」

果不出于民所料，彭謙和理查金果然是在G20高峰會籌備期間認識的。

「理查金那時提出了令人驚訝的主張，美國貿易赤字已經到了幾乎無法履行債務（default）的程度。若要遏阻無法履行債務的情況發生，就得印巨量的美鈔，這麼一來美元通貨膨脹就會加劇，最後全球經濟就得跟著陪葬，所以他主張必須挽救美國。」

彭謙很清楚當時的內容，一直專心追蹤理查金研究的于民，如今也多少了解世界經濟局勢。

「要保存美國的貿易收支，結果就會使得中國的利益減少。那麼中國政府為什麼這麼輕易就接受了理查金的提案呢？」

「一開始我國政府和學者們都覺得這根本就是胡說八道，反應激烈地拒絕了這個提案。大家認為明明能累積盈餘的事情，有什麼理由要那麼做，因此都異口同聲地反對。但自從理查金在研討會上發表了以〈美元危機〉為題的論文之後，所有人都感到驚慌失措。很明顯的，如果中國只自私地考慮自身利益的話，其結果就是中國走向衰敗。」

「所以呢？」

「所有人都全面贊成他的主張，面對他長久以來對美元的敏銳觀察，大家都不敢再有異議。當時的情況於是突然有了改變，我們也幾乎是懇求一般，向美國提出這項提案。要給人家錢，還得像個乞丐一樣懇求對方接受，這實在很可笑。」

「實在很可笑！」

「更可笑的是，美國竟然竭力拒絕了那項提案，態度十分斬釘截鐵。」

「理由是什麼？」

「沒人知道理由，除了美國總統和財政部長之外，誰都不知道。甚至連舉雙手贊成中韓提案內容的美國外交官和貿易部門官員們，對此也驚訝地面面相覷。」

「連理查金也不知道原因嗎？」

「當時他也一樣吃驚！本來還以為美國政府一定會無條件接受，面對這樣的結果他似乎深受衝擊的樣子。不只如此，世界銀行、國際貨幣基金會、各國高層，甚至是全世界金融貿易專家們都對此感到不解。所有人都盯著美國總統和財政部長看，但他們並沒有說明理由。」

「我知道後來您和理查金也一直維持很好的交情，理查金是否曾經在什麼時候說過和那有關的話？」

「理查金說，那不是出於掌管經濟的人所做的決定。」

「您不是說是財政部長拒絕的嗎？」

「應該有其他內幕吧！他說有個危險的幕後人在干涉世界經濟，他一定要把這個人揪出來！」

（華盛頓塔夫特）

瞬間于民腦中浮起了這個名字，就是蘇珊告訴他的名字。

「他說過那人是誰嗎？不知道他有沒有提過塔夫特這個名字？」

「塔夫特？我沒聽過這個名字。反正從二〇一〇年之後，理查金就將全副精神放在追蹤那個謎樣的幕後者身上。他用盡了一切手段，想把做出那個決定的人揪出來。」

「有什麼成果嗎？」

「我不知道他到底找到了沒有，不過根據我的判斷，應該是不可能的事情。因為一個能左右G20高峰會，身分卻不為人知的人，那必然是美國政府的一大機密。或許只有美國總統和財政部長在內的三、四個人知道，不是像理查金這樣的普通人能接觸到的情報。」

于民的腦裡彷彿傳來自己承認有強烈動機殺害理查金的史考利，以及彷彿在為史考利的主張背書而出面作證的威洛記者的聲音。能把這兩個大人物像奴才一樣使喚的藏鏡人，與彭謙所說的謎樣幕後者，在于民的腦中重疊。

（啊，或許理查金的死，從G20高峰會時就已經注定了！）

試圖將理查金的死以飛彈來遮掩的那兩人身影，以及主張他的死不在飛彈，背後另有原因的朗特里和蘇珊身影，也在于民腦裡重疊。

「理查金那行動很危險吧？」

彭謙沉重地點了點頭。

「華盛頓是全世界利益衝突最激烈的地方，表面上大家都笑臉相迎，其實把裡面翻出來看的話，都各自武裝著看不見的刀槍。政府的公務員也一樣，不，或許該說那些人更可怕，他們敢公然殺人。」

「從那時起，理查金也同時使用金哲洙這個名字，這事您知道嗎？」

「不，我不知道，不過可以理解。不知道什麼時候，他曾經住院過，可能就是對他們表達一種無形的抗議。」

「什麼是對他們表達一種無形的抗議？」

「理查金在華盛頓的時候曾經被打傷，他執著地盯著政府、議會，甚至是軍隊不放。有一次我們一起在議會前面的一家餐廳裡吃完中飯出來，剛好碰見財政部長。部長一直極力避免和理查金見面，但理查金卻拉著他的手臂不放，想和他說話。警衛們一時誤會就把他推倒在地，部長親自扶起他，還向他道歉，但他卻跑去住院好幾天。只不過是輕微的皮肉傷，他的反應多少有點誇張。」

「他是要藉此抗議政府官員們不和他見面嗎？」

「有這個可能！也或許是想藉此公開自己受到威脅的事情。研究員遭到政府施暴，這事說出去不管怎樣還是能引起關注。後來他每年都會打好幾次電話向我問候，我還慶幸他安好無恙，沒想到還是被人殺害了。」

「那麼參事您的意思是認為，理查金的死與當年的G20高峰會有關，是嗎？」

「G20高峰會，那當然！當時美國政府那種令人難以理解的拒絕，還有其幕後人，應該都和理查金的死有確切關聯。」

「美國政府的拒絕原因，真讓人好奇！」

不知不覺中，問題又回到了原點。與參事的對話，確定了于民之前的推理都沒錯。而結果還是必須先解決美國政府為什麼拒絕的這個疑問，事件才能水落石出。

「因此被視為是中美對決的那次Ｇ20高峰會，最後還是以對中國單方面有利的型態結束。大家擔心的人民幣升值問題就草草了事，由於美國拒絕了那項提案，因此中國貿易盈餘的幅度也就不會受到限制。」

「全世界的經濟學界至今都沒找到原因嗎？」

「經濟學界雖然沒有針對拒絕分析理由，但那之後的事態果然如理查金所擔心的一般，越演越烈。美國大量印製美鈔，造成目前美元通貨膨脹的範圍也逐漸擴大。」

「那不就如理查金所擔心的，世界經濟被拉去陪葬的日子也不遠囉？」

「光從表面上來看，這就很難說了。所謂的金融危機是在某一天突然爆發的，而不是在一天天吶喊著活不下去，慢慢走向毀滅的，就像上次在次貸危機[1]中所出現的一樣。

1 全名為次級房屋借貸危機（Subprime mortgage crisis），是由美國國內抵押貸款違約和法拍屋急劇增加所引發的金融危機，對世界各地的銀行與金融市場都產生了重大的不良影響。

無論如何，美國政府當時的態度，實在令人費解。」

于民和彭謙的對話到此為止，之後又拉拉雜雜說了一些有關理查金的話之後，就握手道別。

塔夫特報告5／金文洙

金文洙[1]在辭去京畿道知事之後，在未踏足中央政治舞台一步的情況下，仍舊成為執政黨下屆總統大選候選人中最受推崇的一位。這驚人的結果不能不說與朴槿惠內閣中許多閣員在倫理、道德上品德缺失，職業清廉度也令老百姓失望有關。尤其在「世越號沉沒事故」[2]發生之後，兩位被指名的新總理人選均因履歷不夠清白只好自行辭退。在此情況下，一向以正直清廉作風在執政黨政治人士中深受好評的金文洙，支持度直線上升。

1 金文洙（一九五一年八月～）政治家，勞工運動出身，曾任三屆國會議員，二任京畿道知事。二〇一四年宣布不再競選連任知事，二〇一六年再度代表執政黨出馬國會議員落選。二〇一六年底強烈贊成彈劾朴槿惠。二〇一七年則突然轉變立場，甚至將韓國國旗製成外套穿在身上，為朴槿惠辯護。

2 二〇一四年四月十六日一艘載滿三百二十五名高中生和二十名船員的郵輪在由仁川港駛往濟州島的途中翻覆沉沒，事故造成二百九十五人罹難，大多數都是高中生。

韓國經濟快速發展，國民的政治意識也十分成熟，因此不僅針對在野黨，執政黨政治人士們的品德是否清廉、道德是否崇高，也被視為最重要的項目。在這點上，一輩子不在高層，卻堅守崗位的金文洙便脫穎而出。

金文洙知道有相當多的民眾支持自己出馬競選下屆總統，因此他決定避開今後可能有相當長一段時間不受歡迎的青瓦台和新國家黨，並且從政治與媒體的關注中消失。他謙虛地表示要自省之後，便投入群眾，到小鹿島醫院為痲瘋病患者服務，展開為二〇一七年總統大選的鋪路工作。

這種只有在野黨候選人才會選擇的方式，金文洙是否能藉此如願在決定性的時機，以人民對他的高支持度成為執政黨大選候選人呢？還是說在執政黨這個特殊的組織裡，他會因為缺乏國會勢力的支持，沒能抓住議員們的心，而淪落為非主流派系呢？這還需要時間來觀察。

如果青瓦台和新國家黨在金文洙投入民眾，離開黨與國會之際，將國家治理得很好，那麼金文洙就可能沒有太大的機會。但如果政府和執政黨施政未能達到國民所期待的水準，那麼金文洙隨時都有可能出頭，成為黨內最有力的候補。

金文洙不只自身清廉正直，還曾經對地方行政進行過肅貪工作，因此比起法官出身，拿正義當武器的人，他反而更有利。在他就任京畿道知事當時，在很短的時間之內就把清廉度墊底的京畿道，拉到前幾名去。

二〇一七年總統大選時最後的朝野局勢，很有可能變成執政黨的金文洙，對上在野黨的朴元淳。那麼在這場競爭當中誰會當選呢？我們認為金文洙勝出的可行性較大，原因有二：

第一、北韓的權力結構。金正日死後，上位的金正恩身邊有姑父張成澤，他長期處於北韓的權力核心，有自己的班底，更重要的是他與金正日—金正恩的姻親關係，讓他受到最大的信任。張成澤認為，北韓若要進行改革，首先便須改變占據北韓核心地位的軍方。因此金正恩執政初期便果斷地肅清軍方頭號人物李英浩上將[3]。

他如此令人驚訝的作為，受到了全世界的矚目，但最受衝擊的集團，則屬北韓軍方。一直以來，金日成—金正日都畏懼軍方，秉持先軍政治[4]的原則，所有施政都以軍隊為先。

3 李英浩（一九四二年十月～），原朝鮮勞動黨中央政治局常委，朝鮮人民軍總參謀長，朝鮮人民軍次帥。二〇一二年突然遭金正恩解除所有職位，並被朝鮮勞動黨定性為反黨，反革命份子遭到肅清。

4 乃指在國家事務中，一切工作以軍事為先，以軍事為重，這是北韓金正日時代所提出的政治理論和指導方針。

然而不屬於金氏直系血統的張承澤竟敢肅清軍方頭號人物李英浩，因此北韓在發展新的改革之際，其實也暗藏著莫大的危機。才不過一年，張成澤自己就成了接下來被肅清的對象。乍看之下，似乎是金正恩出手整治了張成澤，其實金正恩反對肅清張成澤，還曾經抗拒這個決定。但當金正恩發現自己有可能會被軍方從權位上拉下來，中途便改變了態度。

被機關槍掃射而亡的張成澤，屍體還被火焰槍焚毀。不管是機關槍，還是火焰槍，都不是一般人或警察的武器。也就是說，實際上是軍方處決了張成澤。這也可說是軍方對敵對者的一種報復，也象徵了敢於攻擊軍方的人，下場就是如此。肅清了張成澤之後，金正恩三天兩頭就到軍隊去，這是為了向軍方表達自己的忠誠。表面上像是軍方忠於金正恩，其實是金正恩忠於軍方。

整肅了張成澤之後，軍部再度如過去一般，逕自將手伸向北韓的各個領域，稍微出現穩定跡象的北韓，又再次開始動搖。今後，金正恩將會比他的祖父金日成、父親金正日更盲目地服從軍方。因此北韓的不安定性也會加大，很有可能成為二〇一七年南韓總統大選時的一大變數。

再者，北韓越孤立，在南韓主要選舉時，反而不利相對來說被視為對北韓持友好態度的民主黨。而且北韓可能會做出一些突發行動，對民主黨造成更大的不利，這也表示了北韓基本上不希望變化、開放和改革。從過去的例子來看，非常不穩定的北韓軍方，很可能會在二〇一七年南韓總統大選之際，做出一些挑釁行動，藉以造成韓國民眾更大的不安。這是二〇一七年總統大選時，新國家黨候選人較有機會勝選的第一個原因。

第二個原因是，從二〇一七年韓國社會的人口分布可以得知，五十歲以上的年齡層占了全部人口的百分之四十五。一旦超過五十歲，就算年輕時參與過進步或左派運動的人，心理上也逐漸趨於追求安定。因此雖然多少有點矛盾，這些人還是會傾向投給右派候選人。

基於以上兩種因素，執政黨候選人金文洙在形式上看來，會比在野黨候選人朴元淳更有利，但對金文洙來說，還有一大課題，正好和金文洙的優點——清廉正直的形象有關。政治基本上是眾人合力而成的，基於這點，對政治人士們來說，一起幹壞事的經驗就非常重要。

德國有一句諺語——「一起偷馬的交情」。過去在德國，只要偷馬被逮到，一律當場處死，因此這句諺語其實是強調一起做過或可以一起做危險事情的人之間的道義和友情。比起正義或倫理道德，一起做過壞事的認同感更重要。如果將這點視為當今現實政治的一項標準的話，金文洙在這點上顯然十分不足。也就是說，他沒有一起做過壞事的同志。

國會裡也很難找到被歸為金文洙派系的議員，因此金文洙該如何在自己過去踽踽獨行的路上，帶領一幫人同行，這也是非常重要的課題。他能塑造出一清二白的清廉形象，全憑他從不收賄而來。這點在他將來要參加的選舉之中，會成為一個相當困難的問題。

還有一項課題也是金文洙必須解決的，那就是他從過去到現在所表現出來的形象，和未來投票給他的民眾所希望他呈現的形象，可能不一致的問題，這需要他以巧妙的方式來解決。韓國社會中，投票給新國家黨的民眾，比起正義和倫理的社會，他們更盼望有一個豐饒富裕的社會。因此如果金文洙無法跨越他所堅持的正義和道德底線，或許很多人就會反對執政黨推出金文洙作為總統大選的候選人。

結論是，金文洙身為執政黨人士，以難得的清廉正直形象得到了民眾支持和地位，但要成為執政黨的總統候選人，清廉正直形象卻反而成了一大負擔。唯一能改善這個問題的方法，就是金文洙必須在某個時刻以極快的速度向右靠攏。如果金文洙能以世人都認為他瘋了的程度，快速靠右的話，速度越快，他的支持率也暴增得越快。

目前在新國家黨裡最靠左站的金文洙，可以藉由急速靠右站，將目前鄭夢準和金武星[5]所占有的右派棟梁形象，據為己有。那麼就可以大大地修補過去形象上的缺損，讓民眾接受他成為保守陣營真正的候選人。但是，這種戰略就像穿了一件不合身的衣服一樣，會顯得十分不自然，因此這道課題金文洙會如何解，我們拭目以待，同時藉此修正今後的計畫。

5 金武星，韓國國會議員。朴槿惠總統所屬政黨新世界黨的前黨魁。二〇一一年為朴槿惠助選，二〇一六十二月退黨，另組新黨。

17 絕妙的假設

理查金的危險，是從二〇一〇年美國在G20高峰會上做出令人費解的決定之後，他追查背後藏鏡人時就已經存在了。一想到這點，之前的各種疑惑也完全被拼接在一起。但現在于民所追查到的地方，卻存在一個疑問，如一堵堅固高牆般矗立在他面前，然而他手中卻沒有任何可摧毀高牆的武器。

（美國為什麼會拒絕那項提案呢？）

于民只好又回到理查金的研究上去。這雖然是一個漫長、枯燥的過程，但循著這個過程走下去，也是唯一的一條路。精神上的疲勞就不用說了，但另一方面只要能找到鑰匙，就可以一舉解開所有的問題，這份期待也促使他硬撐了下來。現在事成與否，除了「鑽研」二〇一〇年的G20高峰會之外，別無他法。于民一大早就找上公共圖書館。

于民把二〇一〇年當時與在韓國召開的G20高峰會相關的所有新聞報導和評論，

全都收集起來，挑了一個偏僻的位置坐下來，開始慢慢閱讀。所有的報導和評論全都一樣。

被稱為匯率戰爭的韓國G20高峰會上，最大的贏家無疑是中國。中國不僅避開了要求人民幣升值的一記重拳，還得到了持續性貿易盈餘的保障。美國主張國際社會應為美國貿易赤字負責，但這主張並未被接受。而美國拒絕了中韓提案，沒有選擇穩定，反而選擇動盪這一令人費解的舉動，也被視為是輸家的行為。最慘的輸家則是日本，為了堅持日幣貶值，日本已經做好一切準備，也上了擂台，卻連一拳都沒揮出去，就被踢下了擂台。

「令人費解的輸家行為……。」

一篇有趣的新聞評論，于民在不知不覺間已經被帶進了邏輯的世界。這篇評論一語道破世人所抱持的疑問。

此刻于民感到有什麼在腦中一閃而過，趕緊又把評論重讀一次。明明就感覺到了什麼，但那到底是什麼卻很模糊。于民緩緩地又讀了一次這篇評論，但剎那間一閃而逝的感覺卻不再回來。不過于民腦中卻朝著另一個方向，徐徐升起一個假設。

（如果說那不是輸家的行為呢？）

突然于民腦中似乎響起瀑布沖刷而下的嘩嘩聲，整個人精神為之一振。怪事發生了！之前順著理查金的研究追蹤時，那種鬱悶、枯燥的感覺一掃而空，彷彿開啟了一片新天地。

（如果反過來說，當時美國的行為是很明智的話呢？）

為了讓腦中這若隱若現的想法更具體化，他需要一個能和他討論，一起循著這個假設走下去的人。于民趕緊打電話給彭謙。

「我是崔律師。」

「發生了什麼事嗎？聽你的聲音好像很急的樣子。」

「沒辦法，因為我現在剛有了一個驚人的想法。」

「是關於理查金的嗎？」

「當然！如果當時美國的決定一點也不奇怪的話，那會怎麼樣？」

「你在說什麼？」

「當時全世界，甚至美國自己的官員們都覺得奇怪的美國那個決定，有沒有可能是非常正常的？」

「……。」

不知道彭謙是否覺得于民的問題很荒謬，所以沒有馬上回答。

「我不認為美國是那麼愚蠢的國家。」

「那是當然！」

「大家都這麼認為，但當時卻覺得美國的決定很傻。這不是很矛盾嗎？」

「所以呢？」

「如果說美國另有想法的話呢？和韓國、中國，或是全世界其他國家都不同角度，只屬於美國獨家的角度呢？」

「那是什麼？」

「我還沒想到那麼多，但我不認為美國這個國家的總統和財政部長有那麼奇怪。」

「理查金推測，那個決定是不懂經濟的人下的。」

「這點也包括在內。可不可以這樣想呢？一開始美國原本按照經濟原理，想要強迫人民幣升值，也打算貫徹這點。」

「中國當然很畏懼這點，所以那時的高峰會談才會被稱為是美國與中國的匯率戰爭。」

「您說過當時中國贏了，對吧？」

「大獲全勝！」

「所以這才奇怪，不是嗎？」

「……？」

「如果美國當時盡了全力，中國有可能大獲全勝嗎？就憑當時已經被逼到牆角的中國？」

「……。」

「這就是證據！美國一定有自己的想法。」

「所以我才問你，那究竟是什麼想法，竟然和理查金在內的所有經濟學家們都持相反論調？」

「這我還得再想想，不過有一點我可以確定的是，只要和理查金反過來想，腦子就變得清明許多。」

「啊？」

「我再和您聯絡！」

于民掛斷電話又陷入沉思中，真的很奇妙，只要和理查金反過來想，思緒就一路暢通。

（這妥當嗎？）

于民的思緒延伸到理查金所做的研究上，他對弱勢美元可說做了深入而廣泛的研究。但再怎麼觀察他的研究，也無法和他的死扯上關係，于民換個角度來想。

（如果他研究的是強勢美元的話呢？）

但下一秒于民搖了搖頭，他的研究明顯就集中在弱勢美元上，不管是報告還是無數論文的主題，全都是弱勢美元。但這麼一想，于民又頭痛起來，於是便強硬地將理查金的研究方向換成強勢美元。

（假設他一直都在深入而廣泛地研究，如何才能使美元走強，然後他就想出了一個可以超越所有預算的絕妙方法！）

這麼一想，腦子果然舒服多了。在這美元走勢只會越來越弱的世上，想想如何讓美元走強的方法，反而更簡單。于民又按下彭謙的電話號碼。

「現在我都明白了，理查金不知何時突然想到可以讓美元爆發性走強的方法。或許這是他在研究弱勢美元時不知不覺中突然浮現的想法，否則也可能是在G20高峰會上追查美國政府不正常決定時驚覺到的事情。」

「……。」

「而這也成了他死亡的原因！可能他在某個瞬間察覺到G20高峰會當時，美國拒絕自己提案的舉動，其實一點也不奇怪。」

「那麼你覺得他得到怎樣的結論呢？要製造強勢美元的話？」

「這都還是假設而已，但可以確定的是，他抵達最後的結論。」

「你怎麼會這麼想？」

「因為他死了！」

「這很難理解，一個解決了製造強勢美元課題的人死了，解決不了的其他人反而沒死。一般不是正好相反嗎？當然，就算解決不了課題也不會死！」

「您只要將圍繞在理查金身邊的問題，以和世上一般觀點相反的角度來思考的話，大概就對了！」

「嗯，找到了製造強勢美元的途徑，卻慘遭橫死？」

「是的！那途徑就意味著一個十分危險的祕密。」

「這太脫離一般常識性的想法，我要理解有點……。」

在某種程度上一直能了解于民在說什麼的彭謙，但到了最後，似乎還是無法進入狀況。

「必須這麼想才走得出去，當然，還有很多要解決的課題。」

于民率先掛斷了電話，留下還無法領略他在說什麼的彭謙自己在電話另一端思考。

18 危險的答案

第二天，于民到世界銀行。

「我得再重新看一次理查金所有的研究資料。」

狄倫像看怪物一樣看著這個不知疲累的人，把伊頓叫了過來。于民讓伊頓坐在旁邊，又再度審慎觀察理查金的研究。當然，這次所採取的觀點不是弱勢美元，而是以製造強勢美元的途徑，這個新的角度。

把不知看過多少次的檔案再重讀了一次之後，于民仰起頭，閉上眼睛，彷彿在整理腦中思緒。

「我問你，伊頓！」

「是！」

「有沒有什麼辦法能讓美元一下子變成強勢？」

「如果有那種辦法，美國就不會這麼徬徨了。」
「如果中國和美國的立場交換的話呢？」
「你是說換成美國貿易盈餘，中國轉為貿易赤字嗎？」
「是的。」
「不會有那種事情的！」
「如果硬要變成那樣呢？」
「我說了這是不可能的！」
「那如果把現在的世界搞個天翻地覆的話，結果會怎樣呢？」
「什麼叫把世界搞個天翻地覆？」
「譬如戰爭！」
「什麼？戰爭？」
「如果美國向中國宣戰的話？」
「……。」
「首先美國所負擔的鉅額國債利息就不見了，現在中國所保有的美國國債不是超過一兆五千億美元嗎？」

「中國人所保有的美國國債，全部加起來應該超過二兆美元。」

「如果美國和中國之間發生戰爭，那些債券全都會變成怎樣呢？」

伊頓想了想之後，漲紅了臉回答：

「全都變成廢紙！」

「中國不是還保有很多美元現金嗎？」

「光是中國所保有的現金就至少有一兆美元，如果連全世界的中國人手上的都算在內的話，可能就有二兆美元。」

「那些現金會變成怎樣呢？」

「同樣變成一堆廢紙。」

「那麼中國的工業設施呢？」

「一旦戰爭爆發，美國會乘機讓中國的工業設施付之一炬。美國和中國的經濟規模雖然類似，但就軍事力量來說，美國比中國強了十倍。」

「還有戰爭賠款呢？」

「那當然只能任由美國漫天要價，不管是幾兆美元。」

「美元幣值本身會有什麼改變呢？如果戰爭爆發的話？」

「國際市場上就會剩下美元一枝獨秀，其他所有貨幣就只能在自己國內使用。而經濟弱勢國的貨幣兌換美元時，匯率會大幅滑落。這麼看起來，戰爭會讓美元得到爆發性的勝利。」

「會不會二〇一〇年當時，美國就是抱著這樣的想法，所以才不接受那項提案的呢？」

伊頓默不作聲。在一一回答了于民連珠炮似的問題之後，他們導出了一個天大的結論。于民也一樣，他只是單純地將理查金的研究轉個方向而已，其結果卻一舉解決了周邊所有的問題。

「理查金一心一意在研究弱勢美元，或說他努力想了解G20高峰會當時那個令人費解的決定，結果有一天狂氣大發，不知不覺中竟然導出了這樣一個結論。」

話剛說完，于民腦中想起了最初理查金傳給史考利上將的簡訊。那內容的水準絕非只是飛彈防禦系統有問題的程度而已，這是一封招來死亡的致命簡訊。不久前于民還在胡亂編造理查金那封簡訊的內容，如今他很清楚地知道會是什麼。于民留下還在發楞的伊頓，逕自走出了世界銀行，這事件的性質已經不再適合和伊頓討論了。

「到巔峰律師事務所。」

于民急忙搭上一輛計程車，這事得和朗特里討論才行，一刻也不得拖延！

于民的到來，朗特里出乎意料地一點也不感到驚訝，也不需要于民解釋。對於于民所說，美國想透過戰爭一舉克服所有逆境，重新回歸世界唯一超級大強國寶座的結論，他也只是以一種陌生的眼神，邊聽邊點頭而已。

「我好像知道理查金傳了什麼簡訊給史考利上將。」

「說說看！」

「將軍，你們在進行戰爭的準備，與中國的戰爭。」

不知朗特里究竟聽懂了沒，只見他微微地點點頭，默默地凝望著于民好一陣之後，才說了一句話：

「理查金那句話要讓他陷入危險，也就是說會因此招致死亡的話，還得再附帶某種必要條件才行吧？」

「這個必要條件就是，史考利方面已經著手進行準備。」

「你是說戰爭的準備嗎？」

朗特里低沉的聲音在房間響起，這句話從他的口中一吐出來，于民才對之前根據假設所掌握到的理查金的危險，有了切膚之感，並為之震驚。

「唯有他們現在確實在著手進行戰爭的準備，理查金陷入危險的條件才會成立。難道他們現在真的在進行戰爭的準備嗎？」

朗特里的眼光掃來，視線落在于民的嘴上。

「我不知道，但您說的沒錯，那的確可能是造成理查金死亡的必要條件。」

「那是核戰嗎？」

「什麼？」

就于民的假設，只歸納出戰爭這個結論而已。但朗特里更深入詢問戰爭的內情，讓于民感到不寒而慄。

「我是問你，美國針對中國的戰爭，會是核戰嗎？」

「我沒想過那麼多。」

「不管怎樣，崔律師的想法沒錯，很明顯地美國想的就是戰爭。不過我們必須要知道的是對象是誰，進行到哪種程度，想挑起何種型態的戰爭才行。」

于民沒想到朗特里會連具體的細節都說出來，畏怯之下，也小心翼翼地檢討自己對理查金所追蹤出來的結論，是否正確。然而之前所有無法突破，滯澀不通的疑問，如今就這一個單詞，全都變得暢通無阻，這是絕對錯不了的。而且這也是自己所知頭腦最清楚的人——朗特里，在他面前直接認同的結論。

「我和理查金的妻子見了面，她說如果美國在韓國部署薩德飛彈，中國所有的飛彈就會變得無用武之地。」

「這就表示理查金連戰爭型態都已經想到了！」

于民點點頭，那時沒想到的事情，現在看來，蘇珊對薩德知之甚詳，表示這兩夫妻早就已經想到戰爭會以何種型態進行。

「得找到華盛頓塔夫特這個人，當時蘇珊告訴我這個名字，可能這個人就握有關鍵。」

「那大概是一個別名或暗號之類的東西，從名字前面還冠上華盛頓這個地名來看的話。」

「可能是吧！這個人或許是把他們不為外界所知的祕密告訴理查金的人，也可能是理查金所追蹤的人。」

「那麼這個人會是……？」

「讓美國在G20高峰會上做出奇怪決定的人，也是理查金所指出的背後藏鏡人。」

朗特里想了想之後問：

「理查金的妻子現在在哪裡？」

「因為國防情報局的檢舉，被波士頓警察逮捕，我想她現在大概在拘留所裡。」

「罪名呢？」

「不法洩漏軍事機密。」

「嗯！」

朗特里似乎想說什麼，掃了一眼于民之後，終究不再作聲。

塔夫特報告6／尹相現[1]

韓國執政黨新國家黨如果想在二〇一七年的總統大選推出候選人，以目前這個時間點來看，就必須獲得百分之五以上的支持率才行。有機會跨越這個標準的人，只有金文洙、鄭夢準、金武星而已。就算有其他人獲得百分之五以上的支持率，但因為不是持續性的支持率，因此也無法成為有意義的分析對象。

然而，新國家黨中也有另一個不容忽視的可能性，我們所掌握到的這個可能性，來自朴槿惠這個非常特殊的人。朴槿惠在執政一年半之際，碰上了宿敵金武星當選黨魁這件倒楣的事情。作為任期還有三年半的總統來說，必須和潛在的大選候選人金武星相處，一定很彆扭。而對於金武星來說，如果任由目前被貼上「溝通不良」和「人事失敗」標籤的青瓦台牽著自己鼻子走的話，作為下屆大選候選人的他，形象會變得一塌糊塗，因此他只能狠下心攻擊青瓦台。面對過去曾是家臣的金武星所發動的攻擊，比其他任何人的攻擊都讓朴槿惠倍感痛心。

然而，戰鬥高手朴槿惠，不同於一般總統，絕不可能讓自己在任期結束前只當一隻跛腳鴨。因此她會消極地堅持青瓦台的政令權，但也不排除，如果她不滿足於只握有閣僚任命權的話，會試圖重新布局的可能性。金武星如果繼續挑動朴槿惠的神經，到最後惹得她發火的話，朴槿惠也可能史無前例地正面回擊金武星。到了那時，只要朴槿惠打出「世代交替」的牌，就會成為難以想像的強大武器。

大邱和慶尚北道向來是朴槿惠最堅固的地盤，因此大邱、慶北出身的政治人物們，只要是為了朴槿惠，他們無所不用其極。因此，如果在大邱、慶北根深柢固的朴槿惠，以及對腐朽的新國家黨感到失望的民眾所支持的新一代政治人士們，雙方聯手的話，那麼在下屆總統候選人黨內初選時，就能發揮意想不到的破壞力。

而目前支持率一直維持在百分之五以上的金文洙、鄭夢準、金武星三人，都是一九五一年出生的。到下屆總統選舉的二〇一七年時，全都超過六十五歲。雖說六十五

1 尹相現（一九六二年十二月～），美國哈佛大學政治學博士，歷任三屆國會議員。二〇一六年底朴槿惠陷入閨蜜門遭國會彈劾之際，因支持朴而被所屬的新國家黨於二〇一七年一月以違反黨紀而停止黨權一年處分。

歲不能算老，但就新國家黨最渴望爭取的年輕族群立場來看，年輕的候選人比較有利，也能作為改變與改革的象徵，這是保守派最大的弱點。如果現任總統朴槿惠自己出面倡導世代交替的話，其團結力量可說十分具有爆炸性。

那麼目前執政黨中可以作為世代交替的旗手站出來的有哪些人？最有力的人士便是與朴槿惠關係深厚、頭腦機敏、能言善道的尹相現。沒有任何政治基盤的他，在最短的時間裡憑藉個人的努力，於保守的執政黨中前所未有地嶄露頭角，以才二度當選國會議員的淺薄資歷擔任黨內事務總長。同時利用巧妙的政黨推薦方式，顛覆選舉的不利情勢，個人的努力顯見一斑。然而他的結婚、離婚經歷，成了他的危機，同時也為他提供了機會。

尹相現在一九八五年與當時全斗煥總統的長女在青瓦台結婚，卻在二〇〇五年離婚。因為他是在全斗煥權力巔峰時成為他的女婿，卻在全斗煥失勢之後離婚，因比被貼上機會主義者的標籤。而他二〇一〇年再婚的對象，是樂天總裁辛格浩[2]的親屬，機會主義者的形象因此更深入人心。

但根據我們多方調查，對於尹相現與全斗煥之女交往過程和離婚過程分析的結果，我們判斷他並非在接近了權力核心之後，又拋棄失勢的權力，反而該說他作為一個男人一心只想守護自己的家庭，卻在最後因為妻子的緣故不得不離婚。這段緣由如果能在適當機會下公諸於世的話，反而能為他贏得不少的同情和共鳴。

尹相現過去每逢重要時刻，都奮不顧身地以最直接方式堅守保守形象，因此對保守的群眾來說，色彩鮮明。對黨內陷入危機的同僚政治人士們也伸出援手，義氣十足，在黨內也累積了全方位的深厚關係。他與朴槿惠聯手與否，將可能造成執政黨的大地震，也是我們必須持續密切關注的對象。

對我們來說，這人是否合適，還需要再觀察、判斷。

2 辛格浩，日本名為重光武雄，為日本韓商企業家，韓國與日本樂天集團（Lotte）創始人兼名譽會長。

19 塔夫特

于民朝著紐約警察局而去，事件調查到現在，警察們該做的都做了。道義上于民覺得自己應該伸手拯救落入陷阱中還在死命掙扎的傑森，讓他不要再碰這件事情。坐在交通壅堵只能龜速前進的計程車裡，于民在腦中重新整理到目前為止的整個事件。

（……整件事開始於G20高峰會，理查金在追蹤美國令人費解的決定時，導出了戰爭這個結論。他以簡訊告知史考利這個事實……，奇怪，他為什麼要用簡訊呢？連小孩都知道這內容危險，他為什麼非要傳給敵人呢？）

于民突然一拍膝蓋。

（原來他們見面了啊！理查金透過史考利和塔夫特見面了。）

就在于民又發現另一條線索的時候，計程車正好抵達目的地。于民暫時壓下腦中的想法，走進警局找傑森。傑森一看到于民就連珠炮似地嘆著氣發牢騷。

「崔律師，你說的沒錯，威洛那傢伙真的很奇怪！要不是你告訴我，我大概就要追著史考利五年以上了。」

「什麼都查不到，對吧？」

「該挖的都挖了，結果呼之欲出，最後還是什麼都沒有。史考利行動詭異，威洛拚命揪著史考利不放，說他是犯人。我把這種連環防禦告訴副局長，他點著頭說，這種手段以前聽說過，四十年的經驗不是白累積的。我們開會討論之後，決定通知史考利解除他的嫌疑。」

「你想得沒錯！」

此刻，于民大概想起了在計程車裡所浮現的念頭，兩眼發光。

「傑森，你如果要傳簡訊給史考利的話，跟他說他的嫌疑解除了，但發現華盛頓塔夫特有問題。」

「華盛頓塔夫特？這又是誰？」

「我在追蹤理查金的時候找到的名字，既然你要傳簡訊，就順便試探一下好了。」

「扯到華盛頓，怎麼讓我心底有點發毛！」

傑森開著玩笑，照著于民的話給史考利發簡訊。

「有反應告訴我一聲。」

「沒問題！」

傑森語氣輕快地說。當初他還看不起于民，沒想到碰到的各個關卡，于民都能先一步提出忠告，為自己減輕了不少負擔，連調查時的方向錯誤，也馬上為自己修正，實在很令人感激。

但那天晚上傑森打電話過來時的聲音，卻一點精神也沒有。

「崔律師，調查小組突然被解散了。」

「什麼意思，為什麼？」

「原本是因為世界銀行總裁拜託才特別成立調查小組的，但聽說總裁下午同意解散，說調查到這種程度，已經夠了。雖然說沒調查出什麼具體的成果，解散也是可以理解的，但我個人還是覺得很可惜。」

「真是遺憾！」

「不過副局長問我呢！」

「問什麼？」

「問我怎麼知道華盛頓塔夫特這個名字？」

「你告訴副局長了？說你傳了簡訊給史考利？」

「沒，我沒說。所以我才以為是你說的。」

「我根本沒跟副局長說過幾句話，怎麼可能告訴他。所以你怎麼回答？說我告訴你的？」

「沒有，我只說調查過程中查到的，現在還在打聽。呵呵，如果連這個都說是你告訴我的，那我也太沒面子了，你就見諒一下吧！」

于民心中突然升起一股不祥的預感。

「傑森，你今晚別回家。」

「你什麼意思？幹嘛叫我不要回家？」

「我有不好的感覺。」

「呵呵，你大概忘了我是個有二十年經驗的老刑警吧！你別擔心我，還是多擔心你自己吧，有事隨時跟我聯絡。雖然時間很短，但我越來越喜歡你這傢伙！你雖然是律師，卻一點也不傲慢，這點我喜歡！即使你是搭頭等艙過來的有錢人，也一點都不炫富，這我也喜歡。我從來不知道原來韓國人這麼有魅力！明天一起喝一杯，調查小組解散了，我們總得喝杯惜別酒吧！晚安！」

于民不祥的預感果然應驗，第二天一大早就接到傑森同事打來的電話，讓于民大受衝擊。

「傑森死了！」

「什麼？這怎麼回事？」

「昨天晚上他把車停在家門口下車的時候，就中槍了。」

「噭！」

于民再也握不住電話，掛了電話之後，就急忙招了一輛計程車，打算趕往紐約警察局去，但下一秒鐘卻改變了主意。這樣做太傻了，副局長一定會矢口否認，反而自己會成為幕後黑手們的標靶。

「塔夫特！」

如今塔夫特這個名字已經露出真面目，證明了自己就蟄伏在所有陰謀和暗殺的背後。于民咬牙切齒地呻吟著，在嘴裡不斷咀嚼這個名字。

20 薩德

于民到波士頓去找蘇珊。

「這裡不是訪客可以進來的，請到那邊。」

「我是來調查的調查官。」

波士頓拘留所的看守，一看到胸前掛著偵查助理證件的于民手裡抱著一堆食物進來，一臉怪異的表情。

「這什麼東西怎麼這麼多？你不是說來調查的嗎？」

「如果她不好好招供的話，我打算讓她一面吃這些東西，一面安撫她。」

看守嘴裡嘖嘖出聲，瞪著于民的後腦說：

「蘇珊，那女人幾乎什麼都不吃。」

果不出所料，蘇珊變得更加憔悴，一臉蒼白地坐著。

「吃點這個吧！」

蘇珊看到于民像個推銷員一樣買了各式各樣吃食帶過來，臉上浮起淺淺的笑容。

「這麼多，夠一百個人吃了！」

「蘇珊，我一定會想辦法洗刷妳的冤屈，替妳平白。」

蘇珊默默地搖搖頭，最後笑了起來，好久不曾感受到的溫馨。但下一瞬間蘇珊隨即起身走掉，于民只好無可奈何地離開拘留所。

（為什麼突然走掉了呢？）

蘇珊表現出來的態度前後不一致，一開始看著自己笑，好像有什麼話不吐不快似的。但她卻突然起身走掉，做出沒什麼好說的樣子。要真是這樣，乾脆一開始就不要見我，或至少不要對我笑。蘇珊這種前後迥異的態度，明顯是想告訴自己什麼，可能是想暗示有人在監聽。

于民拿下掛在胸前的證件，面露苦笑。返回紐約途中，于民感到蘇珊這張牌也得放棄了。假如是理查金或傑森警官，都是因為知道了「塔夫特」這個名字才遇害的話，蘇珊大概也已經一腳踏進了鬼門關。

于民再次感到，自己就算了，但也絕不能為了要救蘇珊，就把塔夫特這個名字拿來當話題，因此于民只好無功而返。塔夫特這個名字，絕非是一個可隨意打聽的名字。

于民又跑到紐約公共圖書館去，如果不可能再深入事件核心，那麼迂迴前進也不失是一個辦法。假設結果就是與中國一戰，那麼最開始有動作的一定是飛彈防禦系統。而蘇珊說過，飛彈防禦系統要真正做到完備，就必須將薩德部署在韓國才行。那麼，美國的戰爭就必須從是否將薩德部署在韓國著眼。

于民開始檢索與韓國國防相關的報導，于民的眼睛很快地在電腦螢幕顯示的報導上，一目十行地讀下去。

> 韓美聯合司令官柯蒂斯・斯卡帕洛蒂三日在提到韓國部署終端高空區域防禦系統[1]，也就是「薩德（THAAD）」的問題時表示：「媒體上將薩德描寫得彷彿現在已經完成事前調查研究的模樣，其實現在才剛完成在韓國部署薩達的初期討論而

1 早期稱為戰區高空防禦飛彈（Theater High Altitude Area Defense）系統，後來才改稱終端高空區域防禦系統（Terminal High Altitude Area Defense）。

已，還不到那種程度。」

據悉，「薩德」是終端高空區域防禦系統的核心工具，攔截高度可達四十到一百五十公里。我方政府不打算引進薩德，而是計畫架構攔截高度只有不到四十公里的韓國型飛彈防禦系統（KAMD）。

斯卡帕洛蒂司令官表示：「隨著北韓的威脅日漸加大，應該思考如何讓大韓民國的防禦更有效率的方法。」並且評價說：「薩德系統的力量十分廣泛，感應偵測範圍相當大，還具備及早辨識危險的能力，在提升防禦系統的相互運用上，被寄予厚望。」

他又說：「即使未來在韓國部署薩德系統，也將基於韓美雙方的協議和決心來進行。」同時他對於「在韓國部署薩德會不會造成與中國的關係緊張？」的問題回答說：「薩德雖然是一種廣範圍的防禦系統，但其部署將僅單純著重在韓國防禦上的需要。」

「哎呀！」

讀著報導內容，于民嘴裡卻不自覺地發出呻吟。韓美聯合司令官竟然露骨地表示要韓國政府部署薩德。接著他又接連看了與韓美聯合司令官相反主張的報導，以及美國政府對此報導的反駁聲明。

俄羅斯政府表示，對於美國可能在韓國部署末端高空區域防禦系統「薩德」一事感到憂慮。

俄羅斯外交部在網路上發表的聲明指出，對於韓國前國防部長金寬鎮[2]最近與薩德相關的發言，俄羅斯嚴肅看待，並將從韓國安保層面上審慎追究。

美國政府也表明立場表示，考慮在韓半島上部署的「薩德」飛彈，絕非瞄準俄羅斯。

美國務院副發言人瑪麗．哈夫（Marie Harf）這天在華府外籍記者俱樂部的記者會上，針對俄羅斯外交部對「薩德」部署在韓半島的可能性表示憂慮的評論，做出

2 金寬鎮（一九四九年八月～）大韓民國前國防部長和陸軍退役上將。二〇一〇年前總統李明博任命為前國防部部長，後朴槿惠就任時繼續留任，也是韓國首次留任國防部長。

以下回答。哈夫副發言人說：「可以理解俄羅斯內部出現對美國飛彈防禦系統的強烈意見，但這絕非瞄準俄羅斯。」

于民看到薩德部署在韓國一事，已經到了火燒眉毛的地步，也不禁嚇了一跳。誰也不知道薩德竟然悄悄地被強硬推到韓國眼皮底下。于民坐不住了！因為是新聞報導，所以內容只集中在對韓美聯合司令官摻水式的採訪，或是美俄外交上的摩擦而已。韓國人可能一點也沒有認識到薩德，以及薩德在未來所可能帶來的結果。

于民想起蘇珊的話，當薩德被部署在韓國的那瞬間開始，中國的飛彈就都變得無用武之地。那麼薩德的部署，就等於和中國結下不共戴天之仇，若是戰爭爆發，中國第一個要攻擊的目標，就是韓國的薩德。也就是說，韓國將成為戰爭的主要舞台。

于民覺得自己應該了解更多薩德的相關資料，便打電話給朗特里。

「您能不能給我介紹一位對戰爭，或說是軍事方面的權威教授或專家。」

「我傳電話號碼給你，不，乾脆一起去算了！」

擔任《紐約時報》軍事評論專門委員，也是中國專家的安德森教授，一看到朗特里就高興地伸出手來。

「哪陣風把你這個紐約第一，不，該說是世界第一的大律師給吹到我辦公室來啊？每分鐘收費多少的人啊，你說？」

「安德森，這位崔律師說，美國必須發動戰爭才活得下去！」

安德森一聽這話，雙眼大睜，臉上帶著玩世不恭的笑容望著于民。

「是嗎？又一位要拿諾貝爾獎的人出現了！我是安德森！」

安德森伸手和于民握手。

「這話是什麼意思？什麼拿諾貝爾獎？」

「這話保羅．克魯曼早就說過了，不是嗎？他可是諾貝爾經濟學獎得主喔！」

「這我知道，他對歐巴馬政府的經濟決策，也具有決定性的影響。」

「你知道他說了什麼嗎？」

「……。」

「他說美國是有戰爭需求的國家，如果沒有戰爭，憑空也要製造出假想戰爭。現在這個年輕人也這麼說，不是嗎？」

「差不多！這個崔律師說，美國已經著手進行戰爭的準備，還說知情者全都慘遭殺害。」

「對象是哪裡，中國？」

「看吧，連你也馬上說是中國。從法律上來說，你也已經算明知故犯，犯了戰爭罪。」

「呵呵，是嗎？不過你手上的情報到底是什麼？美國怎麼製造戰爭，怎麼進行，到哪裡為止？」

「我只知道我的委託人在研究美元的未來時，從最後得到的結論發現，只有以中國為對象發動戰爭，美元才有活路。所以我才想來這裡請教，美國可能會對中國發動什麼樣的戰爭？」

「喔，美元，一條從深處摸索而來的路！我們雖然沒有往那方面想過，但可以感到目前東北亞情勢已經逐漸走向一條不歸路。」

「你大概在媒體上發言多了，感覺有點隔靴搔癢。一句話，到底會不會爆發戰爭？」

「那要看美國的意志，如果下定決心要和中國一戰，那美國有兩種方法可以挑起戰爭。」

「哪兩種？」

「我想你大概也猜得到，一種就是把中國軍隊誘進尖閣群島。」

「也就是挖一個陷阱！」

「美國所有的外交政策裡都設有陷阱！反正只要能將中國軍隊誘進尖閣群島去，美國隨即可以根據《美日安保條約》宣布即刻參戰。」

于民和朗特里不約而同地點頭。

「但這個構圖上存在兩點問題，第一點是中國不受誘惑的可能性很大，也就是說，不管發生什麼事，中國也不會和日本發生軍事上的衝突。中國政府目前正拚命避免和日本在尖閣群島上發生武力衝突。表面上似乎每天都在公開日本的蠻橫行徑，其實私底下嚴禁拍攝電影或出版書籍之類會喚起軍中仇恨的行為。」

「原來是由黨和國家來管制軍中對日本的憤怒啊！非常恰當。」

「另外一點就是，就算美國干涉尖閣群島，也很難引導到戰爭的地步。因為那再怎麼說也只是爭奪一處島嶼的主權而已，最多就是擊沉幾艘船罷了。」

「另一個方法呢？」

「讓北韓成為導火線。北韓就是個一觸即發的炸彈，而且如果北韓遭到攻擊，有件事會讓中國不會坐視不管。就算尖閣群島的事情能忍，但北韓如果遭到攻擊，這口氣絕對忍不下來。」

于民很敏銳地捕捉到一點，問道：

「哪件事？」

「天安門事件！」

「什麼？天安門事件？」

「基本上中國屬於共產獨裁國家，他們最怕的就是人民暴動，也就是老百姓要求民主化的暴動。當年天安門事件的時候，共產黨政權也算是死裡逃生。幸好沒有發生第二次的暴動，要不然一個不小心，說不定連共產黨都不存在。」

「……。」

「一九一九年韓國發生三一獨立運動[3]之後沒多久，中國也發生了五四運動[4]，可說是由韓國輸出到中國的民眾起義。現在的中國，四周都被非民主國家所包圍，但如果北韓崩潰的話，中國就會和世界最會挑起民主化運動的國家接壤。」

朗特里點著頭表示深有同感。

「一個連網路都管制的國家，本能上必定不喜歡和韓國接壤。包括那些共產黨領導人們！」

「中國這個國家，基本上存在著特徵性的矛盾。邊境地區有數不清的少數民族，又有壓倒性的人口數量，這些因素都相當難管制。但共產獨裁要求的就是從頭到尾掌控老百姓，才有可能維持下去。再加上中國表面上標榜是資本主義，實際上也算是揣著一顆何時爆炸都不足為奇的炸彈。」

「所以呢……。」

「那炸彈由中國政府至今表現出來的強大形象勉強撐著沒爆，但如果中國政府拋棄半世紀以來兄弟相稱的北韓的話呢？那麼那顆炸彈馬上就會炸開來。少數民族全都吶喊獨立，要分割出去；老百姓群起要求自由。到了這一刻，共產黨政權就算完蛋。所以即使北京被轟炸，他們也忍得下去，但北韓被攻擊的話，他們就無法忍了。」

于民點點頭，這話說得沒錯！

「美國有充分的理由可以攻擊北韓。」

---

3 一九一九年三月一日朝鮮人民抵抗日本殖民統治，要求獨立，在日本殖民當局的鎮壓政策之下，這股風潮很快便席捲整個朝鮮半島，然後畢竟缺乏有組織的軍事行動綱領，最後在當年六月宣告失敗。

4 一九一九年五月四日，發生在北洋政府時代的北京，青年學子結合廣大市民、工商團體以示威遊行、請願、罷工、暴力等方式，提出「外爭主權、內除國賊」的口號，發起一波反日愛國行動。

「那當然！對美國來說，北韓的核武就是絕佳的藉口。所以從很早以前開始，北韓的核武用韓國話來說，就被稱為是『串通好的花牌』[5]。」

「誰和誰串通？」

「當然是北韓和美國啊！北韓可以藉口開發核能來役使百姓，美國則隨時可以拿這當藉口攻擊北韓。」

「您的意思是說，是美國容許北韓開發核能的？」

「你剛才不是也聽到保羅．克魯曼說的嗎？美國是有戰爭需求的國家，哪裡還有比北韓更適合的國家呢？從表面上看，北韓的核能開發對美國來說似乎像一場懦夫博弈[6]，錯了，其實那是一場交易！」

在安德森把戰爭比喻成交易的這刻，于民腦中突然想到「平澤一兆美元交易」這句話。

「安德森教授，您知道韓國平澤這個都市嗎？」

「平澤？駐韓美軍不是要遷往那裡去嗎？」

「那平澤是否可能牽連到某種交易呢？」

「你的意思是？」

「有人寫了一封信給美國總統，標題就是『平澤一兆美元交易』，當時這封信在華盛頓引起一場騷動。然而那個人和華盛頓之間達成了保密協議，所以其中的意義到現在都還沒人知道。剛才聽到您說的話，我好像有點頭緒。」

「一兆美元？」

「是的，解開這道謎題的人，有三十美元的獎金。」

旁邊的朗特里大笑，但安德森卻眉頭深鎖，又問了一次。

「一兆美元？」

「是的。」

「還有平澤？」

「對！」

「兩者結合在一起想想看吧！那時的一兆美元是有意義的，你知道是什麼意義嗎？」

5 韓國傳統牌戲，牌面大多以花形圖案為主。

6 Chicken Game，一種博弈模式，模式中兩輛車相對疾駛，先轉開車頭的會被視為懦夫，另一方為勇士。如果兩車都選擇繼續前行對撞，就成了兩敗俱傷的局面。

于民搖了搖頭。

「如果戰爭在韓國爆發，那一兆美元就是美國要花的費用。」

安德森不愧是專家，馬上就說出了答案。

「也就是說，那是軍費！不過怎麼會這麼多？」

「這是當時議院對北韓南侵需要多少軍費做過的詳細調查所得到的結果，應該錯不了！而且這項調查還顯示出將會有約六萬名美軍死亡。」

「啊！」

一兆美元的面紗終於揭開，于民又對平澤所代表的意義感到十分好奇。

「那麼平澤代表的意義呢？」

「平澤，不是說包括駐韓美軍司令部在內所有駐紮前方的美軍都要遷移到那裡嗎？」

「是的，現在已經進入倒數計時階段。」

「嗯，兩者要怎麼結合在一起呢？一兆美元的戰爭費用和部隊遷往平澤，還有白宮……。」

三人暫時中斷對話，嘗試將兩種概念結合在一起，但卻想不出什麼所以然來。

「我把獎金提到五十美元，你就慢慢想吧！」

朗特里開玩笑地做個了結，但于民的好奇心卻比之前更盛。安德森雖然也是一副不想讓快到手的鴨子飛了的表情，但一時也想不出答案來，也不能一直糾結不放，只好滿臉惋惜地回到原來的話題來。

「但俄羅斯出面高度反對將薩德部署在韓國，韓美聯合司令官說這純粹用在對北韓的防禦上，和俄羅斯無關，然而真相究竟是什麼？」

「我也密切注意俄羅斯的反應，他們甚至公開恐嚇韓國政府。」

「怎麼恐嚇？」

「俄羅斯外交部發言人針對韓國政府表示，將基於韓國安保層面上，審慎追究此事。也就是說，如果在韓國部署薩德的話，韓國也將進入俄羅斯的攻擊範圍內的意思，不是嗎？」

聽到這番話，于民腦中馬上想起韓國與俄羅斯之間的悲慘回憶。大韓航空〇〇七號班機空難[7]和馬航客機在烏克蘭被擊落，全都是俄羅斯飛彈幹的好事。

---

7 發生於一九八三年九月一日凌晨空難，自加拿大安克拉治起飛前往首爾。但一起飛即偏離航道，兩次侵入蘇聯堪察加半島和庫頁島領空，遭蘇聯國土防空軍 Su15 攔截，並對〇〇七號班機發射兩枚空對空飛彈，墜毀於庫頁島西南方公海，機上所有乘客死亡。引發外交反彈。

「如果俄羅斯這麼做，那中國的反應不就更強烈？」
「廢話！不久前習近平跑去首爾，你知道為什麼嗎？」
「為了中韓友好交流……。」
「那只是表面上的理由，事實上他突然飛往韓國，為的就是薩德。你知道習近平和韓國總統之間做了什麼事情嗎？」
「舉行國宴……。」
「那也只是表面上。」
安德森嘴裡所說出來的朴槿惠和習近平的會面情況，完全不同於表面上的和睦氣氛。

朴槿惠總統一身獨特的莊重和溫柔，在大門內等待習近平。這是應中國的要求所安排一場額外的會面，只有朴槿惠總統和習近平主席參加。稍後出現的習近平一臉僵硬，伸手與朴槿惠總統握手。

「能有機會和您單獨會面，十分感謝。」

雖然習近平一向看起來充滿自信，態度隨和，但這次臉上的表情卻帶著殺伐之氣，與嘴上鄭重的寒暄毫不相配。習近平暗暗環顧四周，美國的竊聽技術五花八門，令人難以安心。

「您不用擔心會有人竊聽。」

「朴總統，韓國政府如果重視中國，就請撤換國防部長。」

中國最高領導人臉上時常掛著的溫和微笑，不知何時消失無蹤。他又以充滿力量的聲音接著說：

「中國和韓國已經算是命運共同體，您也知道，韓國和美國的交易量早就呈下滑趨勢，而中國已經成了韓國經濟最具壓倒性的夥伴。」

即使聽到習近平主席的無禮言語，朴槿惠總統仍舊面帶笑容地點點頭。

「韓國如果接受薩德，就表示站在美國一方，不惜與中國開戰的意思。目前雖然不知道美國的背後是否安全，但與中國為敵，絕不是一個聰明的選擇，中國一定會採取報復手段。」

朴槿惠總統咬緊牙根，雖然也料到這會是一次尷尬的會面，卻沒想到習近平會豁出去喊打喊殺的。

「現在中國站在生死交關的歧路上，如果薩德被部署在韓國的話，中國瞄準太平洋發射的所有飛彈，都會成為一堆破銅爛鐵。這指的是什麼，您應該知道吧！就是美國的攻擊。從薩德部署在韓國的那一刻起，只要美國下定決心，就會向中國宣戰。當然，有可能會先以核武為藉口，對準稚嫩的北韓攻擊。不用說，韓國也會被捲進戰爭中，我相信這不是韓國所希望的。」

朴槿惠總統默默地嘆了一口氣。

「如果韓國接受薩德，中國就會先對韓國展開迎頭痛擊。為了破壞X波段雷達[8]，我們會攻擊薩德基地。」

朴槿惠總統文風不動，不管是兩天前在國防部長的陪同下進入青瓦台的韓美聯合司令官，還是眼前的習近平，說話的語氣都別無二致。韓美聯合司令官放著身邊早以服務員自居的國防部長不管，大聲咆哮說：

——韓國怎能這樣？當初靠誰的幫助，韓國才有了今天，現在竟然翻臉不認人，背叛美國？中國對韓國經濟有那麼重要嗎？總統閣下，有一點您最好銘記在心，中國是美國的敵人！美國犧牲生命在守護韓國，但韓國卻乘機大賺中國錢？買一座薩德有那麼困難嗎？如果真的那麼困難，那美國乾脆從韓國撤手不管算了。七十年來的友邦美國陷入生死存亡的危機當中，韓國不說伸出援手，反而和美國的敵人攜手，這是美國人民所無法原諒的。如果韓國真的不接受薩德，那麼美軍將會立即撤出韓國。

處於兩大強國在相隔兩天的時間裡，各自對自己施壓的情況下，朴槿惠總統感到分外孤獨。習近平說完自己要說的話之後，馬上就站了起來。

「我們會睜大眼睛注視，當韓國接受薩德的那一刻起，韓國就成了中國的敵人。請好自為之！」

朴槿惠總統勉強擠出一絲笑容，送別習近平主席。

聽了安德森所說習近平訪韓的真相之後，于民堅決認為，不管發生什麼事情，都不能讓薩德部署在韓國。不，不只是自己，只要是韓國人，都必須抱持同樣的想法。

---

8 X-Band Radar，是指頻率在 8-12 GHz 的無線電波波段，用於彈道飛彈防禦、測試、演習、訓練，並協同觀測如太空碎片、太空船等的運動。

21 集體自衛權

得知習近平訪韓內幕之後，于民決心要早日揭穿塔夫特的真面目，阻止他部署薩德的計畫。為了挖掘出塔夫特的身分，就必須從現在隱密進行中的戰爭準備裡，找出他的面貌。即使和安德森見面，聽他說了各種美國可能進行的戰爭腳本，還是看不到塔夫特的存在。

一想到必須將所有力量全部集中到這裡，于民忍不住又寫了電郵給美珍。

洪律！

還記得之前我提過的塔夫特嗎？我必須揭穿他的身分，而已經暴露的史考利或蘇珊，就是聯繫到死亡的線索。有沒有什麼方法可以在不讓那人察覺的情況下，發現這個人呢？朴槿惠總統在我們不明就裡的情況下，飽受薩德之苦，所以這事得盡早查明才行。

還有一件事，這是牽扯到五十美元懸賞金的謎題。假如美軍部隊遷往平澤，戰爭在韓國爆發的情況下，美國計算出的戰爭經費是一兆美元，理查金稱之為「平澤一兆美元交易」，結果在華盛頓引發一場騷動。為什麼要說是交易呢？其中有什麼意義嗎？

美珍很快就回信了。

金律師最近都沒來事務所。

于民當場寫了回信。

真令人擔心啊！會不會喝太多酒，身體不舒服？洪律妳不要光坐在辦公室裡等他出現，過去看看他吧！

于民腦中浮現金律師的身影，在于民眼裡，金律師不是像個失魂落魄的人無精打采的，就是大白天喝好幾瓶燒酒，沒一天中斷的。但現在于民不得不將心思再次轉回塔夫特的身分去，他加緊腳步走向公共圖書館，擁有世上所有資料的圖書館，才是監視美國行動最好的地方。

在專門資料室裡找了個位子坐下之後，于民先找了許多記載美國軍事動向的資料。塔夫特是負責籌備戰爭的人物，所以要先檢索軍事動向，從中找出蛛絲馬跡來。幸好包括《詹氏防務週刊》（*Jane's Defence Weekly*）[1]在內的幾種軍事年鑑，都確實報導了美國軍事動向的情況。其中尤其以歐巴馬所闡釋的「太平洋艦隊基本政策」，吸引了于民的目光。

太平洋艦隊不在美國國防預算縮減的範圍內。

于民雖然認為這項政策最終所包含的意義，就是對中國開戰，但光靠這點還不足以找出塔夫特的行蹤。美國除了這項政策之外，還縮減駐紮歐洲的大西洋艦隊規模，並且將其中的一艘航空母艦和跟隨在後的戰艦，全都編入太平洋艦隊中，已隱隱增強對中國的戰力。但于民要找的，也不是這樣的資料。

如同史考利上將的背後有塔夫特的影子，這些軍事動向的背後，也一定有塔夫特的存在。與其說他是軍人，毋寧說他是政客的可能性更大。在高峰會上拒絕理查金提案的人，即使是一個對經濟一竅不通的傢伙，也不能因此斷定他就是軍人。

好一陣子眼睛跟著螢幕顯示左右來回晃動的于民，突然看到一個單詞，他雙眼放光，彷彿被一種無形的力量所吸引，停下了動作。

集體自衛權

日本扭曲憲法解釋，讓自衛隊派遣海外的行為得以合法化的這個單詞，瞬間便抓住于民的注意力。近來高速推動的集體自衛權，其實就是進一步強化美日軍事同盟的意思。從另一個觀點來看，就是日本可以在日本以外的地區協助美軍作戰。

「你是日本人嗎？」

1 英國一家專門報導軍事裝備與防務工業的期刊。

興沖沖看著于民一整天坐在專門資料室裡，只注意集團自衛權相關資料的一個落腮鬍美國人，高興地過來搭訕。于民懶得回答他，就隨便點了點頭。

「謝啦，日本果然與眾不同！」

于民覺得對方的話有點奇怪，便抬起頭來。美國人翹起大拇指，一臉友愛的表情。

「為什麼說謝謝呢？集體自衛權和美國有什麼關係？」

「啊，那不是因為中國佬日漸強大的緣故，同仇敵愾的意思嗎？要不是針對中國，日本會那麼做嗎？這才表現出真正友邦的情懷。你不是學者？一整天光看這個，我還以為你是學者呢！」

美國人一臉不解地走掉了，但于民卻彷彿一語驚醒夢中人！如果日本的集體自衛權，源自美日雙方關係，那麼一定存在一個和日本總理協商，引導出集體自衛權的人物。如果真的有這麼一個人物的話，他很有可能就是塔夫特。

于民更進一步想，能為美國的戰爭做出貢獻的集體自衛權，很有可能不是日本自己，而是美國引導出來的結果。日本再怎麼想在美國面前表現，也絕不可能搶先做出會賠上人民性命的事情。

（如果說集體自衛權是日本送給美國的大禮呢？）

于民又敏銳地接下去想。

（那麼美國應該也會回贈禮物給日本吧！贈禮的人就是塔夫特！）

有了這個想法之後，于民便把注意力集中到日本集體自衛權正式在媒體上引發爭議之際的美日關係上。必須找出在這段時期對日美關係有重大發言，尤其是對日本有報答式或保障性發言的人。

這個角度一旦決定，就彷彿找到了開啟鏽蝕大鎖的鑰匙一般，意外的是，答案近在眼前。也就是美軍駐沖繩海軍司令官對尖閣群島問題的發言，在好幾家媒體都曾報導過。

中國若侵犯尖閣群島，在美海軍與日軍的合力下，就足以擊退中國軍隊。我們就算不登島，光從空中轟炸，就能迫使中國軍隊撤退，奪回尖閣群島。

于民歪著頭思考，這明明就是一種對日本的報答式發言，但問題是，如果把發言人美軍駐沖繩海軍司令官視為塔夫特的話，與二〇一〇年在G20高峰會上拒絕理查金提案一事又不符。

抱著僥倖的心理，于民認真找出他的履歷看了一遍，最後還是搖搖頭。當時的他，還不過是海軍上校而已。但于民馬上又發現一篇令他滿意的報導，發言者正是美國國防部長。

尖閣群島是日本施政下的領域，適用於《美日安保條約》第五條。

對於中國與日本的領土紛爭，沒有比這更明確支持日本的發言。這是一句明確且立場鮮明的宣言，指出尖閣群島的主權為日本所有，屬於《美日安保條約》的適用對象，如果中國對尖閣群島發動軍事行動，美國會立即出面發動對中國的戰爭。

于民的眼睛越來越亮，把和美國國防部長相關的所有報導一篇不漏地全讀了一遍。美國防部長在訪日期間所作的這番發言，受到日本高度的歡迎。甚至在訪問中國，北京官員雲集的時候，他也公開確認了此一發言。

于民仔細端詳美國國防部長與日本總理在晚宴上笑容滿面握手言歡的照片，莫名有股怪異的情緒。隱隱約約地好像記得過去，有一個名字從記憶深處緩緩升起，突然就冒出了腦海中。

「啊！」

于民嘴裡發出叫聲。

「桂太郎—塔夫特！」

過去的桂太郎總理與現任日本總理重疊，身旁過去的塔夫特陸軍將領也與現任美國國防部長重疊。

過去桂太郎和塔夫特的表情如何于民不知道，但從現在那兩雙用力交握的手，顯示出日本透過集體自衛權的釋憲，會全力協助美國對付中國的意志；而美國對此也發表守衛尖閣群島的宣言，不啻是現代版的桂太郎—塔夫特條約。

「塔夫特原來就是國防部長啊！」

于民緩慢地閱讀美國國防部長的簡歷，原本擔任過數屆共和黨上院議員的他，在二〇〇八年歐巴馬以民主黨候選人出馬角逐之際，突然出面宣布支持歐巴馬，於是在歐巴馬當選之後，就橫跨共和、民主兩黨，行使強大的影響力，是個縱橫行政部門和政治圈的人物。

于民覺得，或許這個人綽號「塔夫特」，就是自詡為過去的塔夫特之意。從過去的塔夫特本身是陸軍高級將領，桂太郎則為日本總理的這件事實來看，他是有可能給自己取那樣的綽號的。也說不定是日本方面幫他取的。不管是誰取的，現在日本扭曲了集體自衛權的解釋，作為交換條件的，則是這個人高喊保衛尖閣群島。

當于民發現之前虛無縹緲的塔夫特，其實就是國防部長之後，他強烈地相信，「平澤一兆美元交易」也必然和國防部長的戰爭有關。

既然平澤就代表了美軍基地，于民於是想到韓國和美軍之間的關係。美軍和韓國軍隊共同分擔防禦任務，嚴防北韓入侵。只要有他們駐守前方，韓國就很安全。有了這道防線，韓國才能在過去六十餘年期間安心地發展經濟。

（這不是很奇怪嗎？美軍駐守前線都六十多年了，現在為什麼會突然遷往平澤？）

美軍往平澤聚集的事情，非常可疑，也十分矛盾。于民打電話給安德森教授。

「教授，您對那個謎題還有興趣嗎？」

「不只有興趣，我都快想破頭了！怎麼了？」

「我好像解開這道謎題了！」

「什麼意思？那種事情我這個專家都想不出答案，崔先生你只是個律師，竟然能解開？」

「是的！」

「你在哪裡？我馬上過去。不過你要是胡說八道，我可是會很生氣的喔！」

「我想您不會生氣的！這裡是公立圖書館，就在休息室見吧？」

果然，安德森快如閃電般地過來，看來身為東北亞軍事專家的他，絕不可能放過這個謎題。他一看到于民，就買了兩杯咖啡放在桌子上。

「請用！不過如果你說的話不合理，可要賠償我兩倍的咖啡錢。」

于民喝著咖啡，把自己的推論又好好回想了一次。

「首先，正如您所說的，平澤是美軍打算構築的一個新軍事基地。」

「是啊！」

「美軍計畫將位於龍山[2]的司令部，和東豆川[3]二師團，也就是駐紮在前線的軍隊，全都遷徙到平澤。總而言之，就是把所有駐韓美軍都聚集到平澤的意思。」

「……。」

2 位於首爾市中心的一個地區。

3 韓國京畿道中北部的一個都市。因位於首爾至南北韓非軍事區的中間位置，具重要戰略防衛地位，駐韓美軍在此設有數座基地。

「這是惡魔的決定！」

聽到于民突然變得慷慨激昂的言詞，安德森顯出驚訝的眼神。

「什麼意思？」

「這種行為會給韓半島帶來災難，明顯就是一場陰謀。」

「陰謀？誰的陰謀？」

「當然是美國政府的陰謀，必須立刻讓這項陰謀化為烏有！」

「你說駐韓美軍遷往平澤，是美國政府的陰謀？」

于民仍舊以激昂的聲音回答，這對向來冷靜自持的他來說，實在很少見。

「駐韓美軍的意義，在於北韓南侵時給予迎頭反擊，對不對？」

「那當然！」

「那麼美國在哪裡作戰，戰力會最強？」

「在哪裡？」

「您是軍事學教授吧？我的想法是，不論古今中外，最能發揮己方戰力的方法，就是把駐防地架構成鐵桶一樣的陣地，配置各種設施，將地理上的優勢發揮到最高點。不是嗎？」

「是這樣沒錯！」

「但美軍卻放棄這樣的優勢，南下到漢江以南，也就是說，戰爭在前線爆發，美軍卻往後方移動。那麼如果北韓真的南侵，已經遷移到平澤的美軍會再度北赴前線嗎？」

「……。」

「這在軍事學上是一大矛盾啊！已經南下平澤的美軍，在北韓南侵之際，又匆匆忙忙再度北上，在地形上沒有任何優勢的情況下作戰，這完全不符合軍事學理論。」

「……。」

安德森一言不發地聽著于民說話。

「我想過為什麼會出現這樣的矛盾，為什麼駐韓美軍要大舉南遷，然後在北韓南侵之際再北上作戰。」

「為什麼？」

「結論就是，美軍根本不會北上作戰！」

「什麼意思？明明就是去作戰的軍隊怎麼可能不作戰？」

「這就是一兆美元的真相。」

「……？」

「一兆美元如果說是戰爭在韓國爆發的情況下，美國所必須支付的戰爭費用的話，『交易』一語則是看戰爭如何進行，軍費計算法也有所不同的意思。」

「可以說得具體一點嗎？」

「只要北韓開始南侵，駐紮在平澤的美軍不會北上救援，而是全部搭船離開韓半島。平澤有港口[4]。」

「你說戰爭一爆發，美軍就會離開？那為什麼要有駐韓美軍？」

「美軍不是不作戰，只不過韓半島上的戰爭方式改變了。」

「改成怎樣的戰爭方式？」

「核戰！」

「核戰？」

「是的！」

一陣沉默流淌在兩人之間，于民眼中燃起熊熊火花，想到祖國的錦繡江山就要被捲入核戰中，他的心情慘澹到極點。

「如果不是核戰，無法解釋前線美軍為什麼要南遷平澤。」

「嗯！」

「美軍想離開韓半島，以核武掃平北韓，來代替流血花錢。也就是說，想省下傳統式戰爭費用一兆美元的意思。」

「嗯！」

安德森連連嘆息。

「但我很好奇，為什麼我認識的那個人要在這裡使用『交易』這兩個字。如果這是一種戰略，直說『戰略』就好，是戰術就說『戰術』，為什麼要用『交易』？一般交易不都得有對象、有條件的嗎？」

「……。」

于民說話的時候，安德森一句話都插不上嘴。

「想交易的對象是誰，這是謎題的核心，但我想不出來。所以我也來懸賞獎金好了，只要能說出那個理由。」

安德森真誠地凝望著于民好一會兒，最後才點了點頭。

「我也覺得有什麼在腦海裡盤旋，想要破殼而出，但卻捕捉不到。或許我們兩人想

4 這裡指的是平澤的「唐津港」。

的是一樣的東西，但現在先不要說出來。」

「好，下次再說。」

安德森一臉認真地伸手和于民握別。

22 物證

于民驚訝地發現，即使自己找出塔夫特的身分，卻意料之外地什麼都做不了。這事實太驚人了，到哪兒都不能說，萬一不小心說出來，結果會如何，傑森警官和理查金就是最好的借鏡。

于民突然感到無法喘息，彷彿四面有什麼步步逼近似的。拚著自己不多的能力，一路追查到這個地步，即使最後他完成了意想不到的成就，但還是什麼都做不了，這反而讓他陷入更深的絕望中。

（必須找出物證才行！）

最安全的方法，就是要找到物證，然後一舉公諸於世。把物證傳送給所有的媒體，或上傳 Youtube，透過網路公開。這麼一想，他又開始從另一個角度去思考理查金的死亡。

他一定也和自己一樣得到必須有物證的結論，結果卻遇害。

想來想去，最後于民還是只能承認，要確保物證是不可能的事情。像傑森，只不過提到名字而已就被殺害，自己如果到處尋查物證，豈不是明擺著叫人來殺自己。

于民獨自留在旅館房間裡，不停地煩惱這個問題，然而就是找不到解決的辦法。什麼五花八門的方法他都想過了，沒有一種不危險，就算不在乎危險——也就是死亡——奮不顧身地去找，他也沒有信心能找出物證。

越想，于民越覺得和美國國防部長一手操控的龐大軍方和軍需產業作對，絕對是一項愚蠢的自殺行為，一不小心讓塔夫特這個名字從自己嘴裡溜出來，馬上就得面對死亡。在這種情況下還要尋找物證，壓力大到快得憂鬱症了。最糟的是，他沒辦法得到任何人的援手，這讓于民深感懷疑和無力。

于民鎖緊旅館房門，從此足不出戶，幾天的時間裡不停地思考，最後也僅得到他該打包回家的結論。

紐約的最後一晚，于民在格林威治村的一家寂寥酒吧裡喝到爛醉，即使已經醉醺醺的，他還是堅持走路回旅館。每走一步，他就會想起當初來到紐約之後，到今天為止所度過的時光。幸好他碰上的都是好人，尤其是朗特里律師，是一個能另闢蹊徑從意想不到的角度思考的人物。

「呵呵！」

于民突然笑了起來，笑自己不自量力，這一笑就停不下來。但一想到自己應該趕緊回到韓國，好好照顧理查金的母親，再尋找一份新的工作，于民的心又突然變得清明起來。

「哈哈哈！」

于民再次回顧自己搭了生平從沒搭過的頭等艙飛來美國，不只世界銀行，連紐約警察局都被他攪得天翻地覆，心情愉快地又笑了起來！

「哈哈！」

最後這一刻，于民的思緒忍不住又飛回韓國。對自己伸出援手的神祕金律師、美珍、小吃店大嬸……，全都是他要感激的人物。還有法學院那群已經功成名就的同班同學們，雖然遭到他們的冷眼看待，但不管怎樣他們還是他的同學。

于民嘴裡低喃著這些人的名字，停頓片刻，他將所有認識的人依序在嘴裡全唸了一次。他想起了父親，父親教他不只對該感謝的人，連自己痛恨的人也要一併感謝。

回憶又聯想到工作。

「呵呵，本來還想做最簡單的工作，怎麼會接到的第一份委託，卻是全世界最難的工作呢？」

嗡嗡嗡嗡！

于民一個人失魂落魄走在路上的時候，口袋裡的手機卻響了起來。于民即使酒醉了也還是覺得奇怪，一看來電視窗，上面顯示一個名字。

（五千萬）

于民哈哈大笑，接通了電話。

「于民啊，在哪兒？」

「紐約。」

「在那兒幹嘛？找不到工作就跑出去了啊？」

「不是，是因為……。」

「好了好了！我們幾個人打算合開一間律師事務所，想到你了，所以才跟你聯絡的。你要不要跟我們一起做？」

「聯合律師事務所嗎？幾個人？都有誰呢？」

「你來了不就知道了。不過大夥兒要我問你，反正你也找不到工作，要不要過來當個總務。」

「嗯，總務嗎？」

「是啊，反正你實力還不夠當律師。」

「要我當總務……。」

「沒錯，這總比整天無所事事要好吧！喂喂，面子不能當飯吃，你會成為最棒的總務啦！連總務都是律師，客戶心裡會更安心。反正我們也得找個總務，像你這麼善良的律師來當總務，人氣絕對旺，對不對？」

「哈哈哈哈，哈哈哈哈！」

「你幹嘛笑？傷了自尊啊？」

「不是，我反而很感激。我會忘記你們瞧不起我是個律師，只記得你們認同我能當總務的事情。」

「那我們就這麼決定囉？」

「我明天回去，見面再說。」

掛斷電話之後，于民的嘴裡又開始自言自語。

「是啊，于民！當個總務也好，懦弱一點，得過且過就算了！」

世上最沒有負擔的牢騷就這麼從于民口中溜了出來。他不自覺地想放聲高歌，正要衝口而出的時候，突然感到眼前有什麼站在那裡。面前明明有人厲眼瞪著自己，長相似曾相識，于民語帶醉意地問：

「誰啊……，喔，是傑森！」

死死瞪著他的人，竟然是傑森。一瞬間于民的酒意都被嚇醒了。同時耳邊響起不久前的一個深夜裡，傑森打電話過來時的聲音。

——呵呵，如果連這個都說是你告訴我的，那我也太沒面子了。

于民靜靜地閉上眼睛，再怎麼說，傑森也算是替自己死的。自己雖然向傑森發誓會替他報仇，但如今卻一副若無其事的樣子，為了明天要回韓國，今晚就喝得酩酊大醉。于民不知不覺中完全酒醒，用力握緊拳頭。

「傑森，該做的我都做了，但敵人實在太強大了！離開之前，我會再去探望蘇珊一次，這是我最大限度所能做到的事情。」

23 蘇珊說過的話

第二天一大早于民便前往波士頓，幾天以來閉門不出，關在旅館房間裡忙著尋找物證的于民，最終所下的結論是，自己現在唯一能做的事，就是和蘇珊見面。不管怎樣，是蘇珊告訴自己「塔夫特」這個名字，自己也在漫長的追蹤之後，終於發現這個名字的真實身分。

幸好蘇珊還好好地在拘留所中，而且奇怪的是，竟然沒受到什麼刁難就見到她。于民繃緊神經，想著或許是那些人試圖從自己和蘇珊的對話中挖掘出什麼情報，早就準備好竊聽裝置，才會輕易讓兩人會面。不管真相如何，自己來到這裡的目的極端危險，必須步步為營才行。

蘇珊出現了，看起來比過去更加憔悴。

「我要回韓國了！」

話才出口，于民眼淚差點掉下來。從第一次在仁川機場見到理查金，到飛來美國追蹤他的研究，每個場景如走馬燈一樣閃過他的腦海，現在面對穿著囚服，面容憔悴的蘇珊，情緒一上來，眼淚忍不住在眼眶裡打轉。

「別傷心！我也強忍著在牧師宅寫下悲傷的信，燒給了在另一個世界的丈夫。」

于民點點頭，無論如何，蘇珊的悲傷是自己所無法比擬的。蘇珊不再說話，突兀地中斷對話。于民想起上次蘇珊也是沒說什麼就起身走掉，可能是她已無話可說，也可能是在被竊聽的情況下，什麼都不能說，其中之一。今天的情況也是一樣，問題就在該如何躲避竊聽，向蘇珊詢問是否有物證，這可說是難上加難。

「如果我在這裡也有律師資格，我就會用盡一切方法，拚著命也要把妳救出來。對不起！我想來想去，實在沒有辦法，還是只能回去韓國。」

于民繼續說著沒什麼意義的話，想從中窺伺是否有機會說出決定性的話題。

「……。」

「雖然我沒什麼力量，也不聰明，沒能幫上什麼忙，但我回到韓國之後，我不會忘記你們的。」

「……。」

蘇珊仍舊不發一語，于民認為現在是彼此心有靈犀，說話的最好時機，所以他偷偷地深吸一口氣。為了不在自己說完話之後，錯過蘇珊的反應，這一刻他得集中最大的精神。而在那之前，他得讓蘇珊確實明白自己的意思，但不能引起竊聽者們的注意。

于民終於掏出心裡想說的話，深思之後，他把話扯到理查金遇害事件的偵查上。

「過去這段時間，為了不讓妳的丈夫留下遺憾，我和紐約警察局把一切能做的都做了，但到頭來還是束手無策。必須找到什麼決定性的物證，有物證才行！」

話說完，于民高度集中注意力，不管蘇珊回答什麼，此刻他都必須用心感受一切，判斷一切。

「……。」

然而蘇珊仍舊保持沉默。于民想了想自己剛才丟出的問題，雖然拐彎抹角說的是偵查的話題，但他確定蘇珊毫無疑問能理解其中的意思。因此于民只好再一次緊盯著蘇珊的眼睛問：

「如果有話要我轉達給韓國的婆婆，也請直說，她老人家一定非常想念妳。我想她或許會說，死前一定要過來這裡跟媳婦見最後一面。」

「……。」

「那我走了！」

「……。」

蘇珊最終還是沒有再說任何一句話，很難判斷她是因為害怕竊聽，所以保持沉默，還是因為沒有物證，沒什麼好說。于民不得不起身，然而腳步卻邁不出去。

「真的走了！」

就算于民捨不得離開，遲遲不肯踏出步伐，蘇珊還是雙唇緊閉，只盯著前面看。最後于民只好將蘇珊留在背後，轉身打算離開。

「我會記得你最開始跟我說過的話。」

對著轉身打算離開的于民，蘇珊說了一句道別的話。

「什麼？啊，好……。」

于民勉強忍住不讓眼眶裡的淚水流下，來到美國之後，歷經了各式各樣的事情，但從沒像今天這般深感無力和悲哀，腳步重逾千斤。雖然蘇珊不想讓人看到她哀怨的眼神，所以咬緊牙關不再說話，只是沉默地凝視前方，但她的悲傷一定勝過自己好幾倍，不，好幾十倍吧。想到這裡，于民在回紐約的路上，一直感到心痛不已。

如今于民真的在做最後的行李打包，抱著和之前想著該打包回國時截然不同的心情，于民把衣服一件件整齊排放進去，最後才放進筆記型電腦。如果之前是因為找不到事件背後的線索，所以想回去的話，現在則是查明了背後真相，卻只能束手無策，這股深深的無力感，比起那時的絕望，更沉重地纏繞住全身。

辦好退房手續之後，于民打了電話給朗特里律師辭行，然後就招了計程車前往機場。當計程車朝著機場方向，開始加快速度的時候，于民腦海裡慢慢浮起了一個人的身影。

「蘇珊！」

令人難過的回憶，于民將視線轉往窗外一閃而過的風景，想壓下這段回憶。但越是如此，蘇珊的身影不僅不消失反而變得越來越清晰。

「對不起！」

蘇珊蒼白的臉孔，讓人想起哪個人的畫中出現的美麗女神。想到自己竟然放著一位如孤傲野鶴般的女人置身於地獄似的地方不管，轉身離去，于民就感到一陣心痛。只有救出蘇珊，自己才對得起在仁川機場讓自己接到生平第一份委託的理查金，以及他在療養院裡的老母親。但自己真的是沒有辦法！就算不是自己，其他任何人也都一樣。

自己說要回韓國的這句話，一定讓她感到更難過。而最讓自己感到心痛的，是這次蘇珊和上次會面時不同，一身淒涼的身影默默地坐在那裡，直到自己離開。這和自己一直以來看到的堅毅模樣，相去太過遙遠。

第一次在警察局裡看到她，就是一副堅忍不拔的樣子。那模樣彷彿不管發生什麼事情，都不會向背後的黑暗勢力低頭，外柔內剛的女性身影。當于民意識到這點時，不禁皺起眉頭。

有哪裡不太對勁！之前一直表現出來的堅忍形象，和自己離開前一直坐著不動的憔悴模樣，實在反差太大。于民想起之前會面的時候，蘇珊沒多久就轉身離開的事情。但這次卻以一副憔悴不堪的模樣，自始至終都坐著不動。兩次相隔沒多久的時間裡，是什麼讓蘇珊出現這麼大的不同呢？于民突然注意起蘇珊在剛開始一見面的時候，嘴裡所說出的話。

——別傷心！我也強忍著在牧師宅寫下悲傷的信，燒給了在另一個世界的丈夫。

那時無意中忽略過去的「牧師宅」這個單詞，現在在于民腦中突然變得耐人尋味。

（為什麼她要用牧師宅這個詞呢？難道這裡面包含了什麼意義？）

但再怎麼想，這句話也實在太自然了，很難找出可疑之處或除了字面意思之外的其他含意。

「請問有沒有一個地方叫牧師宅的？」

于民突如其來地詢問司機，因為他想如果把牧師宅當成專有名詞，或許指的是某個特定地點。

「牧師宅？牧師宅不就是牧師住的地方？」

「是的。」

「哪個都市，哪條街？」

「都市嗎？大概是紐約……。」

「要有區名和街名才能知道啊！紐約市的牧師宅有上千個，只說牧師宅上哪找？」

于民點點頭。果然，靠「牧師宅」一詞是成不了事的。

計程車一抵達機場，于民看了下時間。離辦理報到手續還有一點時間，于民便將句子裡的名詞全部重新排列組合，但還是拼湊不出具體的地名。到報到櫃檯快要關閉之前，于民想破了頭拚命想湊出可能的所有組合，最後還是不得不離座起身，或許是自己太敏感了也說不定。

于民雖然沒找出關鍵字，但已經盡了全力，只好安慰自己至少確定了沒有關鍵字的事實。在所有旅客如潮水般退去之後的櫃檯前，遞出護照和票證之後，趁著地勤人員在電腦上確認相關資料，于民把至今浮現過的想法做了最終確認，再一一打消掉。

與其說是擔心會錯過那句話裡的意義，毋寧說是為自己的離境做出合理的解釋。于民重新思考自己為什麼會懷疑蘇珊話中有話，認真想了一遍是否有什麼值得懷疑的理由之後，于民搖了搖頭。蘇珊的那句話實在太自然了，自己是因為無法坐視蘇珊的不幸隻身離開，才拚命想在毫無意義的一句話裡賦予其他的意義。

在當時連自己也是眼淚在眼眶打轉的氣氛下，蘇珊的話必然也是悲情流露才說出的，怎麼想都太自然不過了。

蘇珊不回答自己接二連三的問題，應該是問題本身在她認為是沒必要回答的緣故，而到會面時間結束前一直坐著不動，也是因為自己如今要回韓國，傷心之餘才如此的吧。

「您好，這是您的登機證。」

于民聽到櫃檯人員的聲音，甩開向自己詢問的最後一個問題，接過登機證，走向登機門。保全瞪著垂頭喪氣走來的于民粗暴地說：

「請拿出護照！」

只要踏出這最後一步，一切就結束了！但已經放下所有的一切，平靜沉睡的意識，卻在這一瞬間突然醒了過來，尖銳地刺激于民腦中的一側。

（分明就有著什麼！）

于民沒有遞出護照，而是向旁邊閃開一步，又從頭開始依序想了一次。

這麼看來，蘇珊最後一句「我會記得你最開始跟我說過的話」，也可以說是偽裝成道別，其實是要自己記住她最早說過的話。她最早跟自己說過的祕密之語是「華盛頓塔夫特」，而這次會面時最開始說的話是……。

于民再一次想起蘇珊的話。

——別傷心！我也強忍著在牧師宅寫下悲傷的信，燒給了在另一個世界的丈夫。

這句話明明另有深意，但再怎麼想破頭，也想不出個所以然來。

「你到底走不走？」

于民不理睬保全的一聲暴喝，轉身向後走。他想著得去櫃檯退票，就往櫃檯走去，但櫃檯早就關閉一個人也沒有，地勤人員都撤走了。于民按下四一一詢問台，想詢問航空公司辦事處的電話號碼，卻又興味索然地放棄了，他不想因為和航空公司討價還價讓腦子變得更混亂。

于民坐在空無一人的櫃檯前面椅子上，再一次挑戰蘇珊說過的話中話。但不管他如何努力，還是不得要領。

在航站大廳坐了一夜，直到天際出現魚肚白才站了起來。于民臉上顯出倦色，搖搖晃晃地走出機場航廈，卻迷失了方向，本想隨便找個方向走就算了，卻又想到了什麼似地，拿出手機。遲疑著要不要按下旅館號碼的于民，手指頭在鍵盤上遊走，不自覺地按下了一個韓國的號碼。

是美珍的號碼，但信號響個不停，美珍就是不接電話，于民只好以疲累的聲音在信箱留言。

「洪律，我本來要搭昨晚的飛機回韓國，但蘇珊說過的一句話一直縈繞在我心頭，所以在最後一刻我又留了下來。她說的話雖然像一句安慰，可是那裡面明顯給我留下了暗示。我想了一整夜，都想不出所以然來，現在累了，要回去旅館。洪律，如果我現在就這樣回去，我覺得自己會後悔一輩子，所以拜託妳幫我請教金律師。我想，我還是把能做的都做過之後再回去吧！」

說完這番留言，也把蘇珊的話複述一次之後，于民才拖著疲累的腳步，走向茫茫白霧中。

24 絕妙組合

遲遲睡到下午才起床的于民，跑去找朗特里律師。沒等多久朗特里律師就從會議室裡出來，看到于民就對著他笑。

「還以為你回去了，怎麼又出現在這裡？我在會議中決定休息三分鐘，這下看到崔先生一臉複雜的表情，看來我不該休息才對。你又出了什麼問題？」

聽完于民轉述蘇珊的話，朗特里馬上積極響應。

「從她所表現出來的態度來看，那話一定還有其他涵義。不過要從這句話中找出關鍵來，似乎有點難。不過這裡面『牧師宅』這個詞，絕對是包藏了某個祕密的地點，這錯不了！」

于民感到這就值得了！只要天才朗特里律師也介入其中，要破解蘇珊的話中話，就只是時間的問題了。

「既然她是紐約州立大學數學系教授，雖然這句話裡面一個數字都沒有，但一定帶有數學的概念。也就是說，牧師宅的位置就隱藏在這句簡單的話裡。」

不愧是朗特里，和自己不同，一開口就是具有說服力的分析。然而過了三分鐘十倍以上的時間，朗特里還是只能歪著頭思考，沒法有任何進展。

「這問題放著你走吧，我再跟你聯絡！」

朗特里又急急忙忙去開會，但可看出臉上帶著不服氣的表情，或許是因為天才也多少傷了自尊心吧，于民想。帶著難得悠閒的心情，于民去看了自由女神像，又跑到帝國大廈頂樓欣賞紐約夜景，開始像個觀光客一樣在紐約觀光。

然而于民的注意力還是全放在手機上，但奇怪的是，朗特里卻一直沒有和他聯絡。即使夜深了返回旅館，朗特里依舊沒有打電話給他，第二天也同樣一點消息都沒有。

于民幾次拿出手機想打電話給朗特里，卻又塞了回去。從朗特里所表現出的不服氣來看，他應該不會輕易放棄。就算放棄，也一定會跟自己聯絡。于民一整天無所事事，就等著朗特里的聯絡。

嗡嗡嗡嗡。

苦苦等待的朗特里電話，到了快接近子夜時才終於打來。

「這實在是一道無法解讀的謎題，我把能想的全都想過一次，還是想不出這裡面藏了什麼暗示。」

「可是蘇珊的態度真的很奇怪，您不也這麼說了。」

「所以我才會想破了頭到現在才和你聯絡，可惜一點收穫也沒有。我的想法錯了吧！」

于民滿懷希望等了整整兩天，成了一場空，心裡難免十分失望，但另一方面也感到如釋重負。如果蘇珊真的話中有話，自己卻一無所知就離開，一定會讓她傷心一輩子。但如果最後的結論是，那句話只是一句普通的安慰，那麼現在自己就能安心地離開了。

回到旅館沖完澡之後，于民正想在床上躺下來，卻看到電話機上面明滅的燈光，這是有留言的提醒信號。于民拿起聽筒，就聽到下午六點二十分錄下的機械音。

「您有訪客在大廳等待！」

于民被搞糊塗了，因為根本不可能有人來找自己。「會是誰呢？」于民想，「搞錯了吧！」便置諸腦後上床睡覺。就在快睡著的時候，于民被響個不停的電話鈴聲吵醒，不耐煩地伸手接了電話，是櫃檯打來的。

「有訪客在大廳已經等了很久。」

「什麼意思？哪來的訪客？」

「從下午六點多就一直在大廳等到現在。」

「你這電話是打給八〇五號房崔于民沒錯嗎？哪有訪客會從六點一直等到現在，你沒說錯吧？何況根本不會有客人來找我……。」

「是的，沒錯！那位說的就是您的名字，現在還坐在這裡。」

于民慌忙起床，披上衣服就走出了房間。雖然不知道是誰，但竟然能一等就是六個小時，這就不是小事了！不過另一方面，他還是覺得搞錯了吧，這世上哪有人會一等就等了六個小時。

電梯一下到大廳，于民急急忙忙衝了出來，看了看四周，一個熟悉的身影映入眼中。微駝的背影是……。

「金律師！」

于民喉頭哽咽，叫了他一聲就跑了過去。我的天，竟然等了六個小時，于民心中充滿疼惜與抱歉，自責不已地抓著金律師的手臂。

「……。」

金律師一身裝扮和在韓國時無異，面容雖然疲倦，卻以有別於過去的鏗鏘聲音開口問：

「他妻子哪天離開紐約的？」

「啊？」

「理查金的妻子。」

「啊，喔，您是指蘇珊。她在理查金遇害的第二天就離開紐約了。」

「去了哪裡？」

「去了波士頓。」

「那就不可能在紐約的牧師宅寫信，沒有人會在出事之後寫那種東西。理查金的妻子一定是在波士頓或途中的某個牧師宅裡寫信的。」

「啊……。」

「把你自己想成是理查金的妻子看看。」

「您是要我站在蘇珊的立場去思考嗎？」

「在被嚴密竊聽的情況下，她首先會考慮到的是什麼？」

「……。」

「難道不是保護你嗎？」

「我？對喔！如果我被逮捕的話，一切就完了！」

「所以她要放的就是讓再厲害的人也無法破解的密碼，只有讓那些人不知道那句話裡還藏有暗示，你的安全才能得到保障。」

「哦？」

「想要讓任何密碼破解員都無法破譯的話，最好的方式就是利用你是韓國人這一點。」

「是！」

「但她想告訴你的地點是在美國，不是嗎？」

「啊！」

金律師的一句話，讓于民的腦子裡有了一個模模糊糊的概念。雖然兩人各自住在不同的國家，但卻可以利用兩種語言拼湊出某種型態的組合。

「照著這個概念，把她那句話裡用到的所有單詞都用英文和韓文思考一次。」

說完這話，金律師就站了起來。

「您要去哪裡？這麼晚了，您就在這裡住一晚吧！」

「我們還會再見面的。」

金律師穿過大廳，就直接走掉了。

儘管于民馬上追了出去，金律師卻已經消失在黑暗中。于民只好一個人開始絞盡腦汁，想著該怎麼把英文單詞和韓文單詞組合在一起。沒幾個詞的一句話裡，把各單詞重新排列組合對他來說似乎有點勉強。但于民很快地搖了搖頭，如果蘇珊使出渾身解數試圖做出的絕妙組合，只有自己能懂的話，那麼就像金律師所說的，以兩種截然不同的語言所做的奇妙組合，毋寧說會是最好的方法。

于民回到房間之後，就把注意力放在蘇珊話裡的「傷心」、「悲傷的信」、「牧師宅」，先在網路檢索欄裡用英文輸入「sorrow」、「Boston」，再用韓文輸入「波士頓」、「牧師宅」、「傷心」、「悲傷的信」，以及 sorrow 的韓語音譯「梭羅（소로우）」。於是畫面上便出現一堆像 Henry David Thoreau、Old Manse、Concord 之類有趣的單詞。

瞧了老半天之後，于民拍了下膝蓋。英文名字「Thoreau」的韓語音譯「梭羅（소로우）」，不就與意思為悲傷的「sorrow」一樣嗎？以防萬一，于民在筆記型電腦的鍵盤上一個字母一個字母地敲下去。敲完「梭羅」這個詞之後，再敲入「牧師宅」，輸入完畢之後開始檢索，於是這兩個詞就組合出一個超乎想像的空間。依照網路上的介紹，

這個空間是波士頓附近的一個知名景點，也就是「Henry David Thoreau」曾經住過的牧師老宅「Old Manse」，就位於波士頓附近的「Concord」。

波士頓近郊梭羅住過的瓦爾登（Walden）森林附近的牧師老宅。

25 遺留下來的聲音

天一亮，于民馬上飛奔到機場，搭上前往波士頓的飛機。

在波士頓機場下機後，于民去租了一輛車。不同於對待其他人，租車公司職員將于民遞出的身分證件拿到辦公室裡，在電腦輸入之後才交還給他。

「這裡也有電腦，為什麼要把我的護照拿到裡面？」

神經緊張的于民覺得職員的態度奇怪，便追問了一聲。

「外國人護照都是在裡面登記。」

這回答讓人更覺可疑，但也沒辦法要求看電腦，于民只好默不作聲上了駕駛座，但心裡還是深感不安。

「等等，等等！」

正想把車開出停車場的一瞬，職員喊著他的名字跑了出來，于民趕緊一腳踩下煞車。

「護照要拿走啊！」

從職員手裡接過護照，于民不禁苦笑。一緊張連護照都忘了拿就出來，但剛才他確實有一瞬間想踩油門，而不是踩煞車，自己也覺得好笑。

「別緊張！」

職員笑著轉身回去，但這話聽在于民耳裡，意思卻無限延伸。雖然不知道蘇珊留給他的情報是什麼，但如果和塔夫特有關，他等於已經一腳踏進鬼門關，所以于民連呼吸都不敢大口喘氣。他神經過敏地回頭看，確定是否有人跟蹤。

牧師宅在郊區，句子的「信」這個字，必然是暗示信箱。但那麼重要的東西，應該不會放在一個隨便就能找到的地方。那麼說不定還得挖挖信箱下面或周圍。這麼一想，于民就買了攜帶用手鏟，等待著黑幕降臨。這裡雖然不是遊人如織的景點，但還是小心為上，這樣的想法很自然地便盤旋在于民腦海深處。

好不容易暮色覆蓋了大地，四周變得一片黑暗，于民拿著鏟子從車上下來。才穿過馬路，于民突然急轉彎，因為他發現一輛閃著警示燈開過來的巡邏車，被嚇了一大跳。于民趕緊想躲起來，但當他發現為時已晚，便乾脆大大方方地走向牧師宅。疾駛而來的巡邏車緊貼在于民身後，拿槍對準于民的警察，用擴音器喊話。

「丟掉你手上的東西，舉起手來！」

于民鎮靜地按照指示行動，車上下來的警察要于民把手伸到背後，給他上了手銬。

「你在這裡做什麼？」

「我是調查殺人案的調查人員。」

「調查人員？身分證看一下！」

于民指指上衣，警察把手伸進去，拿出紐約警察局發的偵查助理證件。于民一眼看到身分證上的有效日期，才發現已經過期了。警察把身分證放到手電筒的光源下對照上面的照片和臉孔之後，才解開于民的手銬。

「不過你到底在這裡做什麼？」

「我在調查一起發生在紐約的殺人案，這裡被推斷可能埋藏了犯人的殺人工具，所以我才會過來。有鏟子嗎？有時間就跟我一起挖吧！」

于民一面說，一面還走來走去，裝出以步伐測量街邊行道樹距離的樣子。警察一看就藉口還在巡邏中，擺擺手趕緊上車走掉。

終於站到信箱旁邊，于民先翻了翻信箱，發現什麼都找不到。然後便將鏟子對準信箱柱子下方，用力插進去。

「鏘啷！」

不用挖進地裡多深，鏟子才一插進去，就聽到一聲金屬碰撞聲，同時鏟子碰上了什麼金屬物質。于民隨即從一個四方型鐵罐裡掏出一個用塑膠袋包裹的物體，是一支隨身碟。出於本能，于民抬頭四下張望，確定沒人發現之後，才屏著氣息小心上了車，猛踩油門疾駛而去。

于民一到紐約就打電話給朗特里，不管隨身碟裡的內容是什麼，從現在開始要嚴加保護。在沒有人證的情況下，稍微不慎就會被人說是非法取得情報。而且唯一能和昨晚現身的金律師取得聯絡的途徑，也只有朗特里。

「朗特里律師，我好像找到物證了！」

朗特里似乎嚇了一跳。

「所以你解開謎題了？」

「是的！」

「我的天！那裡面真的藏有暗示？你怎麼解開的？」

「不是我解開的，昨晚金律師出現了，就在我住宿的旅館。」
「什麼？金律師來了紐約？天啊！不過他怎麼解開的？」
「那是韓文和英文的雙重組合，只有韓國人才能解開。」
于民一說出原理，朗特里就忍不住讚嘆。
「實在太妙了！但金律師現在在哪？」
「他只說會再見面就走掉了。」
「好吧！那物證是什麼？」
「錄音檔。」
「錄音？你聽過了嗎？」
「還沒聽，我從波士頓開始就有種被監視的感覺，所以一挖出理查金妻子藏在地裡的東西之後，覺得還是跟您一起聽比較好，這才打電話給您的。」
「你做得很好！一個人聽的話，有可能會被說是證據造假。你現在在哪裡？」
「在機場。」
「沒跟任何人說過這件事吧？」
「我跟任何人都沒說過，我怕萬一出現塔夫特這個名字會招來危險，所以不敢跟別人一起聽，就算是警察也一樣。」

「好，我等下打電話給你。」

沒過多久，朗特里就和于民聯絡，告知他見面地點。于民掛了電話，有點不明白為什麼放著那麼好的辦公室不用，還要在別的場所見面，但當他從計程車上下來的時候，心裡也大概有了底。朗特里這麼做是為了防備萬一發生的情況，如果真的發生了什麼事情，也不至於讓自己的事務所成為是非之地，這是身為律師出於本能的一種防禦感。

朗特里要他過來的地點，意外地竟是一家昏暗的酒吧。朗特里先到了，正坐在角落的吧檯邊，一看到于民出現，馬上手勢招呼。

「喝點什麼？我要一杯波本。」

「我也一樣。」

于民瞧了瞧四周，除了在吧檯另一端獨飲的幾個人之外，裡面幾乎沒什麼人，小小的舞池裡空無一人，只有爵士樂聲，音量適當地流淌著，不管說什麼話，也不會被周圍的人聽到。

酒保遞了酒杯過來，就走到另一邊去，朗特里四下環顧之後，才壓低了聲音說：

「聽聽看！」

于民便將隨身碟插進帶來的筆記型電腦中。

—理查，沒想到我們竟然會在這種三溫暖裡面見面。

—我就開門見山地問好了！你們允許日本在隱岐群島[1]建設自衛隊常駐基地，是不是打算侵占獨島？

—那是你們之間的問題，我們沒有義務連那種石頭島都幫忙守護。

—韓國一直是美國的友邦，到現在也沒變。但如果現在和中國翻臉，韓國的經濟就會沒有未來。你難道不知道嗎？

—未來？你想想看，美國和韓國、日本本來搭的就是同一條船，應該同舟共濟瓦解中國才對，就像過去瓦解蘇聯一樣，這樣韓國也才有未來。

—所以你們打算挑起戰爭？

—你以為還有其他方法嗎？

—當然，我在二〇一〇年就已經提供那個方法，是你們拒絕的，不是嗎？

1 位於日韓領土爭議地「獨島」附近。

—那只會讓中國賺到更多的時間而已，算不了什麼。如果讓他們裝置了飛彈防禦系統，隨便發射洲際彈道飛彈的話，到時我們連開戰的機會都沒有。

—那會在多久之後？十年？十五年？

—我看你沒聽懂我的話！戰爭是在某一天就突然爆發的，可能是現在，也可能是明天，特戰部隊就會空降寧邊，或者中日船隻在尖閣群島發生衝突。

—那就更不能讓駐韓美軍撤守才對，前線的美軍遷往平澤，不就是打算在韓半島發生戰事時馬上撤走，不是嗎？

—那就得看韓國人自己了，這就像你所說的是一筆「交易」。如果韓國表現出一個真誠友邦的態度，美國就會為了保護韓國人的生命財產安全奮勇作戰。但如果不是的話，那不就很理所當然的嗎？我們撤走美軍，讓韓半島置於核戰風暴下。

—我再問你一次，那到底是什麼時候？

—就是現在，朴槿惠在任期間。

聲音到此為止，就連一向穩重的朗特里，聽到這難以想像的內容之後，也變了臉色。

「這到底怎麼錄下來的？」

「聽他們說話，好像是在三溫暖裡。」

「如果不想被錄音或錄影的話，最常使用的方法就是到三溫暖。全身上下脫個精光，什麼也藏不住。」

于民腦中同時響起當初傑森說的，理查金的大腿有一道撕裂傷，以及彭謙說的，在華盛頓時一點擦傷也住院好幾天的話。

「理查金確實做了嚴密的計畫才赴約的，我聽說他之前就因為一點小擦傷住院好幾天，看來那時就乘機把晶片塞了進去吧。」

「不管怎樣，這檔案是非常有力的證據，有了這個，就足以證明國防部長的殺人罪。」

「可是這裡面並沒有一點要加害理查金的內容。」

「已經具備殺人動機了啊！一定有很多人能證明理查金在背後調查國防部長，問題在於國防部長的殺人動機，有這個就足夠了！」

一陣肅穆氣氛在兩人之間流轉。

「這個要怎麼處理？」

「當然要立刻公開在各大媒體上，讓塔夫特來個措手不及！這樣我們才會安全。趕緊和我一起到新聞俱樂部去吧。」

但下一刻已經從椅子上站起來的朗特里，卻突然像被凍住一樣動彈不得。因為一個男人的沉重身影走近他身邊。

「允，允厚！」

與此同時，一記重拳擊向朗特里臉頰，將他打倒在地。

「啊！」

冷不防冒出來的男人正是金律師，他緩緩彎腰撿起隨身碟。

「你這輩子盡幹缺德事！把這個公開在各大媒體上？你這卑鄙無恥的小人！」

「允厚！」

「這個一公開，你又會再次成為英雄，你的律師事務所會有更多的客戶蜂擁上門。但你根本就是一個沒有正義感的傢伙，只會到處鑽營想辦法維持自己的財富和地位！那腐敗生活的酸臭味，還在不停地從你身上冒出來！」

金律師低頭注視了朗特里一會兒，就轉身走了出去。于民被這突如其來的變故嚇了一跳，手足無措之下只好彎身去扶朗特里。

「朗特里律師！」

「允厚……。」

「金律師！」

「都是我的錯，我做了對不起他的事情！」

朗特里也不管嘴角上的血，也不想從地板上站起來，只是目不轉睛看著金律師從門口走出去。

「朗特里律師！哎，金律師！」

于民本想扶起朗特里，手臂卻被他一把甩開，於是馬上跟在金律師身後走了出來。

金律師正在倒車，想把車開出來，于民趕緊靠過去，但金律師根本不理他，車開出來就直接踩油門走了。

于民掏出兩張百元美鈔，遞給一個正要把車停進去的年輕人，說：

「幫我追那輛車。」

26 接受則與中國為敵，不接受則與美國為敵

金律師把車停在四十一號碼頭旁邊，站在空曠的港口盡頭，手機貼在耳邊，凝視著大西洋。從車上下來的于民，趕緊走近金律師身旁。

「金律師！」

「這檔案絕不能公諸於世！」

說話的同時，金律師用力地將手中緊握的隨身碟丟向大海。

「啊！」

嚇了一大跳的于民，眼光隨著隨身碟畫出拋物線。隨身碟在空中留下最後的軌跡，就撲通一聲落入大海。于民的腦海裡最先想到的就是蘇珊！

「金律師！您怎能這樣……。」

「……。」

「啊！要有那個蘇珊才能……。」

「蘇珊很快就會被釋放出來！」

于民想起剛才金律師好像在和什麼人通話。

「可是金律師，我們應該要把隨身碟公諸於世，阻止戰爭爆發才對！戰爭不應該阻止嗎？」

「這場戰爭，韓國非打不可。和美國一起！」

金律師的聲音裡帶著一股難以違逆的重量，尤其是金律師對于民來說，不只是最該感激的恩人，更是讓他到美國來成就了一切，甚至找到語音檔的主導者，但于民終究無法理解金律師這話的意思。理查金和蘇珊拚了命要公開的這個語音檔，只有金律師說不能公開，原因何在，于民一點也猜不出來。

「金律師，您對我來說是恩比天高的人。戰爭會讓無數人傷亡，但您為什麼說這場戰爭非打不可，理由何在？我一點也不明白。」

「平澤一兆美元交易的意思，你明白了嗎？」

「某種程度……。」

「說說看。」

「如果美國不滿意韓國，就打算省下一兆美元的戰爭費用，讓駐韓美軍從平澤港口撤離韓半島，在韓半島上進行核戰。」

「依據什麼判斷？」

「自然是依據韓國是否為真正盟國的原則，和薩德也有關係。薩德是戰爭的導火線，而中國會從韓國開始攻擊，為的就是要破壞薩德。」

「因為害怕這樣的結果，就可以把約定棄之如敝屣嗎？韓國是個卑怯的國家，沒有勇氣，也沒有意念。在這地球上，除了美國還有哪個國家，願意為韓國犧牲一兆美元的金錢和六萬條生命、三十萬名傷兵？一兆美元花在韓國戰爭上，美國就傷了元氣。可是韓國卻在美國和中國之間觀望，想從中得利，一副你們去犧牲吧，我們賺錢更重要的模樣，不是嗎？」

「不管怎樣，一定要阻止戰爭。而且這還不是一場正義之戰，是美國不想崩潰才攻打中國的不義之戰。」

「正義？中國是個該消滅的國家。」

「啊？金律師您為什麼這麼說？」

「我就告訴你我和朗特里的故事吧！我們所經營的律師事務所在全盛時期迎來了一

位客人。」

金律師開口說出與朗特里的關係，這是之前于民一直很好奇的。

一個中國人站在所有案件無往不利的紐約第一的律師事務所前，遲疑了好一陣子之後，才走進大樓裡去。他預付了每一分鐘一千美元計算的諮詢費，這是以他本人來說無法想像的鉅額金錢，才得以見到這家律師事務所頂尖律師之一的朗特里。

「這筆錢是由許許多多的人每人一美元才湊出來的。」

從中國來的貧窮委託人拿出來的，是幾百張照片。那些已經無法視為是人類照片的悲慘照片，證明了中國活摘臟器的現實。正好有事走進朗特里辦公室的合夥人金允厚律師，也看到這些照片。

「不只是監獄裡的囚犯，連小罪暫時羈押的人也被打得半死昏過去，然後活活地被摘掉內臟或眼睛。死刑犯也會先做出槍斃的樣子，摘除了內臟之後再弄死。這些內臟都流向權力階層或富裕階層。我們這些參與天安門事件的家人和法輪功信徒們，就是集中的目標。求求您救救我們。」

朗特里沒有接受委託，不管委託人再怎麼懇求，十分鐘的時間一到，朗特里就叫人送客。對癱坐在緊閉門前的中國人伸出援手的，是金律師。金律師把這名委託人帶到自己的辦公室讓他坐下來，在一陣長久的沉默後，才開口說：

「中國不是一個國家！」

金律師把中國定義為地球上該消滅的巨型犯罪集團，而他則庇護、支援在美國漂泊的中國異議人士。這些人意圖一舉潛入中國，發動第二次的天安門事件，他們把這個計畫透露給金律師。而金律師將這輩子賺的所有錢都投了進去，先為他們製造新的身分之後，再準備好回國的管道。然而這所有計畫卻因為被人密告揭發，而一切落空。告密者竟然就是金律師千算萬算都沒有想到的最親密合夥人——朗特里。他強辯，他必須在金律師被嚴重不法事件連累之前，律師事務所被牽連進去倒閉之前，阻止這個計畫。他雖然盡力避免金律師受到刑事處分，但最後金律師還是離開了。

「我背著美珍回到韓國，感到很有意義。甚至對我救了一個原本會消失的生命而感到喜悅。美珍是一名參與天安門事件被活摘臟器而死的人的女兒。她父親在天安門現場被槍殺，母親在四川省的一座監獄裡被摘除臟器死掉。放著不管的話，連美珍都會死。」

「您說的是洪律嗎？」

「是，她從小就是我帶大的。雖然是中國人不要的孩子，現在卻成了堂堂正正的韓國律師。」

「啊，金律師！可是戰爭還是不能有的！中國可以改變，美國也可以尋求其他非戰爭的方式。」

金律師不發一語，只是以無情的眼光注視著大西洋的彼端。

27 莫比烏斯環

回到韓國之後，于民依舊到事務所上班。幾天後，于民和往昔一樣，擦地板，整理辦公桌，然後在金律師常坐的沙發前面茶几上，放下一個白色信封，這是于民幾晚沒睡，用心寫出來的信。一直沉默看著于民一連串動作的美珍，眼光慌亂地追著于民走出去的背影，拿起信封來。

辭呈！

從辦公室裡走出來，于民搭上地鐵到光化門，站在世宗大王的銅像前。看到頭髮凌亂不堪，有點魂不守舍模樣的于民，經過的人都敬而遠之，尤其是女性或帶了孩子的主婦們，乾脆就繞道而行。

「各位！」

于民腹部用力，卻像一個人生無望、萬念俱灰的人一般，聲音沒有一點活力。好不容易把快破碎的聲音聚集起來，于民再一次高喊：

「大韓民國的父老兄弟姊妹們！」

然而他的聲音已經蒼老得彷彿六十多歲的老人一般。於是有些看到于民堅毅表情的人，便一點一點地聚過來。世宗大王銅像前，總有人站在那裡搔首弄姿，因此只要有人站在那裡，就會有人圍觀。

「我聽到了那個錄音檔！」

人們不懂他在說什麼，彼此面面相覷。什麼叫聽到了錄音檔，聽到了什麼錄音檔？大概覺得這人有毛病，幾個年輕人嘻嘻哈哈地指指點點，幾個老人也掛上了尷尬的神情，但人們還是想聽聽他到底要說什麼，依舊沒有離去。

「要小心薩德！」

人們驚訝地望著于民，想知道薩德是怎麼回事。

「薩德就是戰爭。」

于民的聲音達到了最高潮，在指指點點把自己當成神經病的人們，以及毫不在意經過的人們混亂交織中，之前發生的一件件事情如走馬燈般浮現在于民腦海中。從最早在仁川機場和理查金見面的時候開始，循著美元研究追蹤到塔夫特的身分，最後追到覆蓋在韓半島上的戰爭陰影時為止，這整個過程如掠影般在他眼前閃過。理查金、世界銀行的人、傑森警官、朗特里律師，以及蘇珊，所有見過面的人臉上的表情、說過的話、動作，一一閃現後消失。

「我們一定要和美國抗爭到底！」

聽到這話，人們搖搖頭，或是一臉不以為然，或是冒出笑聲，三三兩兩地離開。年輕人之間更是指指點點的，甚至有人豎起手指對著額頭轉圈[1]，露骨地嘲笑。但于民一點也不在意，又再度把力氣集中在聲音裡。

人們聚了又散，散了又聚，只有一個男人或許是可憐于民都啞了的聲音，或許是想更了解一下于民吶喊的原因，走了過來，微微彎下腰。

「你說要我們幫助總統來阻止薩德，呵呵呵！」

「總統不接受不就得了！」

「那些人威脅要用核戰輾壓我們的錦繡江山，美軍移轉到平澤就代表了這個意思。」

「用核戰輾壓？北韓對南韓？所以我們要幫助總統？聽不懂你在說什麼……。」

連這唯一表現出關心的男人也一臉不解的神情走開，其他人不是漠不關心，就是嘻嘻嘲笑。稍微有點興趣的人，這下也紛紛搖頭走掉。

「各位大韓民國的父老兄弟姊妹們！」

于民的聲音已經破到發不出聲音，再也無法隨著空氣擴散出去，只能無力地碎落滿地。

「薩德……。」

就連那破碎低啞的聲音，這時也無力通過喉嚨而出，只在嘴裡盤旋兩下就消失得無影無蹤。然而于民的肩膀旁邊卻緩緩出現了一個四四方方的紙板，上面寫著：

支持崔于民！

眼睛沿著拿著紙板的手看過去，盡頭處一個從辦公室就開始小心跟蹤在後的女人，眼中滿是憐惜地望著于民。

是美珍！

---

1 表示腦袋有毛病的一種輕蔑手勢。

LINK 20

薩德 THAAD

作　　者　金辰明（김진명）
譯　　者　游芯歆
總 編 輯　初安民
責任編輯　宋敏菁
美術編輯　林麗華
校　　對　吳美滿　游芯歆　宋敏菁
發 行 人　張書銘
出　　版　INK印刻文學生活雜誌出版有限公司
新北市中和區建一路249號8樓
電話：02-22281626
傳真：02-22281598
e-mail : ink.book@msa.hinet.net
網　　址　舒讀網 http://www.sudu.cc
法律顧問　巨鼎博達法律事務所
施竣中律師
總 代 理　成陽出版股份有限公司
電話：03-2717085（代表號）
傳真：03-3556521
郵政劃撥　19000691 成陽出版股份有限公司
印　　刷　海王印刷事業股份有限公司
港澳總經銷　泛華發行代理有限公司
地　　址　香港新界將軍澳工業邨駿昌街7號2樓
電　　話　(852) 2798 2220
傳　　真　(852) 2796 5471
網　　址　www.gccd.com.hk
出版日期　2017年3月　初版
ISBN　978-986-387-158-3

定價　390元

國家圖書館出版品預行編目資料

薩德 THAAD／金辰明（김진명）著．
游芯歆 譯．--初版．--新北市中和區：INK印刻文學，
2017. 03 面； 14.8 × 21公分. --（Link；20）
譯自：THAAD
ISBN 978-986-387-158-3（平裝）

862.57　　106003765